KB009793

# 전남 신안군 해녀의 언어 연구

이 저서는 2017년 대한민국 교육부와 한국연구재단의
지원을 받아 수행된 연구임(NRF-S1A5B5A07063909)

# 전남 신안군 해녀의 언어 연구

김 경 표

도서출판 온샘

# 서문

학위논문을 쓰면서 전남 신안군, 진도군, 완도군으로 현지 조사를 다녔다. 새벽부터 출발해 여객선터미널에 도착해서 배를 기다리는데 해무 때문에 다시 집으로 돌아간 적도 여러 번 있었다. 날씨가 좋아서 혼자 배를 타고 섬으로 들어가도 제보자를 찾는 것은 쉽지 않았다. 왜 필요도 없는 사투리를 조사하냐고 나무라시는 분도 있었지만 대부분 환대해 주시고 반찬이 없지만 같이 식사를 하자고 하시는 분들이 더 많았다. 도서 지역을 조사하면서 전남 방언 화자에만 관심을 가졌다. 그러다가 신안군 홍도뿐만 아니라 전남의 다른 도서 지역에도 해녀들이 많이 활동하고 있다는 것을 알게 되었다. 현지 조사를 다녔던 곳에도 해녀들이 있었는데 제보자로 면담을 한 적은 없었다. 서남해 지역에 해녀들이 많이 활동하고 있는데 이번 연구에서는 신안군 해녀들을 대상으로 그들의 언어를 채록하고 전사하였다. 차후에 서남해 다른 지역 해녀들의 언어를 연구하려고 한다.

이 책은 총 2장으로 구성되어 있다. 1장 "전남 신안군 해녀의 삶과 언어"는 신안군의 가거도, 비리, 장도 해녀들의 생애와 그들의 물질과 관련된 내용들을 담았다. 가거도는 흑산도 본섬에서 가장 멀리 떨어져 있고 비리는 흑산도 본섬에 있으며 장도는 흑산도 본섬에서 비교적 가까운 곳에 위치해 있어서 흑산도 본섬을 중심으로 해녀들의 삶과 그들의 언어를 살필 수 있다. 2장 "신안군 해녀의 언어 연구와 흑산도지역어 연구"에는 채록한 자료를 바탕으로 가거도, 비리, 장도 해녀들의 언어를 문법적으로 분석한 논문과 해녀들의 언어를 연구하는 데 참고할 수 있는 흑산도지역어 연구 논문 2편을 함께 실었다.

전남의 해녀 연구는 주로 민속학적 관점에서 해녀의 해산물 채취 방법과 기술, 마을 어업과의 관계 등을 논의하는 연구가 대부분이었다. 언어학적 관점에서 해녀의 언어를 전체적으로 조망한 연구는 없다. 해녀들의 언어를 연구하기 위해 먼저 현지 조사를 나가서 그들의 언어를 채록하고 전사하는 작업이 선행되어야 한다. 현재 전남에서 활동하는 해녀들은 자생적인 해녀들과 제주도에서 와서 정착한 해녀들이 있는데 대부분 고령으로 이들에 대한 조사를 진행하는 동시에 이들의 언어를 전사하여 자료로 남기는 것이 필요하다. 이런 의미에서 가거도, 비리, 장도 해녀들의 언어를 전사하여 자료집으로 남기고 해녀 언어의 문법적인 연구를 진행하여 전남 해녀 언어의 일면을 밝혔다는 데에 그 의의가 있다고 할 수 있다.

이 책을 출판할 수 있도록 도움을 주신 분들이 많이 계신다. 연구자가 어떻게 살아가야 할지를 보여 주시고 다양한 경험과 학문적 역량을 기를 수 있는 기회를 베풀어주신 전남대 BK21+사업단 신해진 단장님과 방언 음운론을 연구할 수 있도록 지도해주신 이진호 선생님께 진심으로 감사의 말씀을 드린다.

또한 부족한 연구 성과를 책으로 간행해주신 온샘 출판사 가족들에게 고마움을 표한다. 무엇보다도 현지 조사에 제보자로 기꺼이 동참해주신 가거도, 비리, 장도 해녀들께 감사를 드린다.

멀리서 늘 응원해주시는 부모님과 연구자의 길을 가는데 묵묵히 뒷바라지해 준 아내와 스스로 자기 일을 하는 두 아들에게도 이 자리를 빌려 감사의 마음을 전한다.

2020년 8월 17일

김경표

# 차 례

# 제1부 자료편

## 전남 신안군 해녀의 삶과 언어

## 조사지역 소개

신안군에서 활동한 해녀에 대한 기록으로는 김약행의 《仙華遺稿》가 있다. 송기태(2015: 215)에서는 김약행이 우이도에서 유배생활을 하다가 1770년 2월에 흑산도를 유람하면서 "포녀가 입해(入海)하여 전복을 채취하려 했으나 물이 차가워 불가능했다."라는 기록을 제시하였는데 이를 보면 조선 시대부터 신안군에 해녀가 존재했음을 알 수 있다.

흑산도에는 제주출신의 해녀와 지방출신 해녀가 있었는데 최계원·주인탁(1988)에 의하면 제주출신의 해녀는 일제 시대 때부터 흑산 해역에서 활동을 했는데 전주(錢主)와 계약을 하고 흑산도에 와서 작업을 했고 지방출신 해녀는 1960년대 이후 전복 등의 양식어업이 성행하면서 그 수가 늘어나게 되었지만 교육 수준이 향상되면서 해녀의 수는 급격하게 줄었다고 한다. 1987년에는 흑산도 해녀가 235명이었다고 한다. 2017년 신안군청 해양수산과 자료에 의하면 신안군 해녀는 총 102명이고 점차 고령화되고 있다고 한다.

신안군 해녀 자료집 중 해녀들의 언어를 확인할 수 있는 자료로는 2017년 문화재청과 민족문화유산연구원에서 발간한 ≪전남 해녀 생애사와 해녀문화－흑산도 자생 해녀－≫가 있다. 이 책은 자생 해녀 8명을 대상으로 해녀문화 전반에 대해 조사한 것으로 신안군 해녀에 대한 조사와 자료는 여전히 부족한 실정이다.

신안군은 2읍 12면으로 해녀가 활동하는 지역은 흑산면이다. 흑산면 중에서 가거도, 비리, 장도를 조사하였다.[1]

가거도는 현재 331가구 462여 명이 거주하고 있다. 1580년경 여씨(余

1 신안군청(http://www.shinan.go.kr)의 읍면 소개 내용을 정리한 것이다.

氏)가 최초로 이주하여 왔다고 구전되고 있으나 그 내역은 알 수가 없다. 이후 제주 고씨, 평택 임씨가 이주, 정착하여 마을이 형성되었다. 기암괴석과 후박나무 숲으로 섬 전체가 이루어져 있고 어종이 풍부하여 사람이 살 만한 곳이라 하여 가가도라 부르다가 가거도라 개칭하였다. 특산물로 돌미역이 유명하며 가거도 해녀들은 돌미역 채취를 주로 한다.

비리는 현재 45가구 75여 명이 거주하고 있다. 1600년경 윤재진, 김유민이 이주, 정착하여 마을이 형성되었다. 비리는 흑산진 산 너머에 위치한다고 하여 붙여진 지명이다. 비리 해녀들은 전복, 성게, 해삼을 주로 채취한다.

장도는 현재 47가구 92여 명이 거주하고 있다. 1520년경 한양 조씨 조국현이 장도에 이주, 정착하여 마을이 형성되었다. 섬의 모양이 길다 하여 붙여진 지명이다. 장도 해녀들은 전복, 성게, 해삼을 주로 채취한다.

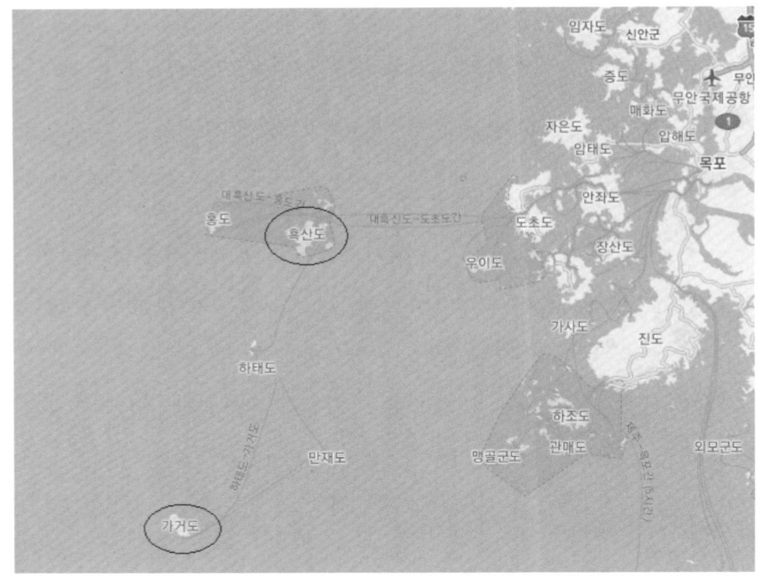


신안군 지도[2]

## 제보자

이 책의 제보자는 흑산면 가거도, 비리, 장도에 사는 분이다. 현지조사는 2018년 4월 18일부터 21일까지 실시하였다. 제보자들은 모두 흑산면에서 3대 이상 살고 있으며 주변 마을에서 시집와서 지금까지 살고 있다. 구체적인 인적사항은 다음과 같다.

| 성함 | 성별 | 나이 | 조사 지역 | 조사방식 |
|---|---|---|---|---|
| 이○○ | 여 | 78 | 흑산면 가거도 | 구술조사 |
| 이○○ | 여 | 72 | 흑산면 비리 | 구술조사 |
| 이○○ | 여 | 62 | 흑산면 비리 | 구술조사 |
| 박○○ | 여 | 68 | 흑산면 장도 | 구술조사 |

## 책의 구성 및 전사

이 책은 총 2장으로 구성되어 있다. 1장 "전남 신안군 해녀의 삶과 언어"는 신안군의 가거도, 비리, 장도 해녀들의 생애와 그들의 물질과 관련된 내용들을 담았다. 가거도는 흑산도 본섬에서 가장 멀리 떨어져 있고 비리는 흑산도 본섬에 있으며 장도는 흑산도 본섬에서 비교적 가까운 곳에 위치해 있어서 흑산도 본섬을 중심으로 해녀들의 삶과 그들의 언어를 살필 수 있다. 2장 "신안군 해녀의 언어 연구와 흑산도지역어 연구"에는 채록한 자료를 바탕으로 가거도, 비리, 장도 해녀들의 언어를 문법적으로 분석한 논문과 해녀들의 언어를 연구하는 데 참고할 수 있는 흑산도지역어

2 이 지도는 카카오맵에 가져와서 편집한 것이다.

연구 논문 2편을 함께 실었다.

이 책은 제보자의 발화를 문장 단위로 전사하여 제시하였고 그 아래 표준어 대역을 붙이고 부연 설명이 필요한 부분은 각주를 달았다. 각 마을에서 조사한 제보자는 각 마을에 제보자를 제시하였다. 제보자는 성만 표시하였고 조사자는 조로 표시하였다.

전사는 가독성과 전산 처리를 하는 데에 도움이 되는 형태음소 전사를 기본으로 하고 음소 전사도 병행하였으며 어간과 어미를 구분하여 전사하였다.

- 현용 한글 자모를 이용하여 전사하였다.
- 체언과 용언 어간이 여러 변이형을 보일 때에는 소리 나는 대로 적되 어간과 어미를 구분하여 전사하였다.
- '-하다'의 경우에 'ㅎ'이 있는 형태로 전사하였다.
- 표기로 발음을 예측할 수 있는 음운 현상은 표기에 반영하지 않았다.
- 표기로 발음을 예측할 수 없는 음운 현상은 표기에 반영하였다.
- 장음은 음절 오른쪽에 :로 표시하였다.

표준어 대역은 직역을 원칙으로 하되 독자의 가독성을 위해 표현을 달리한 부분도 있다. 주석은 주로 어휘의 의미를 풀이하는 데에 사용하였으며 전남이나 다른 지역의 방언형을 밝혀 적거나 문법적, 음운적 형태에 해석이 필요한 경우에도 사용하였다.

# 제1장

# 가거도 해녀의 삶과 언어

## 가거도 해녀의 삶과 언어

조 혼자 어떻게 생활하세요?

이: 우리 동네 배들이 많제 났는데 외도 배들이 많:이썩 잡아 갖가와서 한 집안이 만 원썩 주고 땄어요. 그놈 묵고 살았지요. 그런데 그놈부터 강추고 낭께 박근혜 대통령이 이슥만 원썩 주잖어요. 그놈 주고 나라에서 쌀 주고 그랑께 돈 그놈 갖고 하는데 벵원만 안 댕기문 그놈 갖고 전기세도 끼:고 물세도 끼:고 충분하겄더라고요. 그란데 우리는 벵원을 많이 댕깅께, 벵원을 가니라고 인자.

【우리 동네 배들이 많지 않았는데 외지 배들이 많이씩 잡아 가져와서 한 집안이 만 원씩 주고 땄어요. 그것으로 먹고 살았지요. 그런데 그것부터 없어지고 나니까 박근혜 대통령이 이십만 원씩 주잖아요. 그것 주고 나라에서 쌀 주고 그러니까 돈 그것 가지고 생활하는데 병원만 안 다니면 그것 가지고 전기세도 내고 물세도 내고 충분하겠더라고요. 그런데 우리는 병원을 많이 다니니까 병원을 가느라고 이제.】

조 병원에 가실 때는 배 타고?

이: 배 타고 가야제.

【배 타고 가야지.】

조 목포?

이: 저는 목포도 아니어도, 저는 광주로 댕겨요. 저는 대학벵원으로, 광주 조대로, 그래 갖고 그런 데도 쓩께 그러제. 그라고 인제, 연금보험 들었잖아요. 그런 우리네들 돈을 못 보루고 애기들 갈치고 그란다고 저

적은 것 들어 갖고 만 원찌리 들어 갖고 십사만 원썩 타요. 그놈하고 이:슥만 원 준 놈하고 그놈 갖고 벵원에 갔다. 그라고 인자 물세 그른 것은 으찌 한 푼썩 이른 것도 폴문은 하고 물세 그른 것은 작응께.
【저는 목포도 아니어도, 저는 광주로 다녀요. 저는 대학병원으로, 광주 조대로, 그래 가지고 그런 데도 쓰니까 그러지. 그리고 이제, 연금보험 들었잖아요. 그런 우리네들은 돈을 못 벌고 아이들 가르치고 그런다고 저 적은 것을 들어서 만 원짜리 들어서 십사만 원씩 타요. 그것하고 이십만 원 준 것하고 그것 가지고 병원에 갔다. 그리고 이제 물세 그런 것은 어찌 한 푼씩 이런 것도 팔면 쓰고 물세 그런 것은 적으니까.】

조 이 파란색 통이 수도인가요?
이: 예! 물 들어가야제. 딴 데서 와갖고 호쑤를 연결해서 요리 들어갖고 까짝지로 들어가서. 그것은 세탁기 놓고 쓰고.
【예! 물 들어가야지. 다른 데서 와서 호수를 연결해서 요리 들어가 바닥으로 들어가서. 그것은 세탁기 놓고 쓰고.】

조 가거도 대리에서 태어나신 거예요?
이: 예. 우리 어렸을 때는 사람들도 많았죠. 겁났어요. 집이 이백 가구였어요. 우리 클 때는 그런데 지금은 다 나가 불고 죽어 불고 노인들은 혼자 살다 죽어 불고 혼자 살다 나가 불고 그래앗고 인제 인구수가 줄어들었제. 그전에는 많이 살았제. 겁났어. 어디 초상나고 일 치:문 그릇이 부족해서 뭐 밥을 섬수[3] 갖다 주고 그랬어요.
【예. 우리 어렸을 때는 사람들도 많았죠. 매우 많았어요. 집이 이백 가구였어요. 우리 클 때는 그런데 지금은 다 나가 버리고 죽어 버리고 노

3 곡식 따위를 담기 위하여 짚으로 엮어 만든 그릇을 말한다.

인들은 혼자 살다 죽어 버리고 혼자 살다 나가 버리고 그래서 이제 인구수가 줄어들었지. 그전에는 많이 살았지. 매우 많았어. 어디 초상나고 일 치르면 그릇이 부족해서 뭐 밥을 짚으로 만든 그릇으로 갖다 주고 그랬어요.】

조 올해 연세가 어떻게 되신가요?

이: 칠습 팔이요. 그란데 관절로 무릎 아프제.

【칠십 팔이요. 그런데 관절로 무릎 아프지.】

조 혼자 어떻게 가세요?

이: 그래도 가제라. 배가 실어다 중께. 배만 타문 광주로 버스 타고 터미널 가문 애기들이 실러 오고 사이가 실러 오고 그 안 하문 바뻐 못 실러 오문 내가 그냥 차로 들어가고.

【그래도 가지라. 배가 실어다 주니까. 배만 타면 광주로 버스 타고 터미널 가면 아이들이 데리러 오고 사위가 데리러 오고 그리 안 하면 바빠서 못 데리러 오면 내가 그냥 차로 들어가고.】

조 예전에 물질하는 것은 배우셨어요?

이: 여기서 태어났응께 그렇게 해요. 그냥.

우리는 나잠이라고 항께 배우고 머 다 할 것도 없어. 어서 혀: 밀면 그냥 두름박 타고 들어가서 이른 들어가서 그랑께 전복, 소라는 옛날에는 많이 있었응께 우게 막 붙으고 그랬응께 우리도 소라를 많이 잡았어요. 그런데 지금은 다 잡아 불고 없:응께 수심이 깊이 들어가야 있제. 나찬 데는 없는데 옛날에는 저런 바레인 데가 붙으고 그랬어요. 그라고 쪼끔 나찹고 그랑께 우리 처녀 때는 뭐 하:등 스르스르 잡으러 다녔지라. 그랑께는 칼도 안 하고 동네에서 멜 것 안 하고 아무 데서나 잡아서 묵고 그랑께.

【여기서 태어났으니까 그렇게 해요. 그냥.

우리는 나잠이라고 하니까 배우고 뭐 다 할 것도 없어. 어디서 이끌어 밀면 그냥 두름박 타고 들어가서 이런 데 들어가서, 그러니까 전복, 소라는 옛날에는 많이 있었으니까 위에 막 붙고 그랬으니까 우리도 소라를 많이 잡았어요. 그런데 지금은 다 잡아 버리고 없으니까 수심이 깊은 데 들어가야 있지. 얕은 곳은 없는데 옛날에는 저런 드러난 데 붙고 그랬어요. 그리고 조금 얕고 그러니까 우리 처녀 때는 뭐 아무것 없이 잡으러 다녔어요. 그러니까 칼도 안 하고 동네에서 이유 안 물으니 아무 데서나 잡아서 먹고 그러니까.】

조 학교는 있었어요?

이: 아이고, 우리 어렸을 때는 학교 없었어요. 그래서 학교를 못 다녔어요. 그래 갖고 인자 내 밑에 동생들 있을 때 학교는 없었는데 이 아래 빈:터 있죠! 거 올로온 데. 쪼그마한 공청이라고 있었는데 거:서 애기들 공부하고 그렇게 저렇게 크다 저 학교를 지섰어요. 그래서 우리는 학교도 못 다녔제라. 국민학교도. 이 섬에 태어나서.

【아이고, 우리 어렸을 때는 학교 없었어요. 그래서 학교를 못 다녔어요. 그래서 이제 내 밑에 동생들 있을 때 학교는 없었는데 이 아래 빈:터 있죠! 거기 올라온 데. 조그마한 공청이라고 있었는데 거기서 아이들 공부하고 그렇게 저렇게 크다가 저 학교를 지었어요. 그래서 우리는 학교도 못 다녔지라. 국민학교도. 이 섬에 태어나서.】

조 결혼은 언제 하셨어요?

이: 겔혼은 스물네 살 때 했어요.

【결혼은 스물네 살 때 했어요.】

조 자녀들은 몇 명이나 되세요?

이: 나는 애기들 둘 나 놓고 이 나팔관에 벵 나갖고 수술을 두 번 하고 그라니라고 남매백에 아녀요. 아들 한나 딸 한나. 기래갖고 어른이 나 사십 때 세상 떴어요.

【나는 아이들 둘 낳고 이 나팔관에 병이 나서 수술을 두 번 하고 그러느라고 남매밖에 아녀요. 아들 하나 딸 하나. 그리고 어른이 나 사십 때 세상을 떠났어요.】

조 혼자 생계를 책임지신 거예요?

이: 기랬지라. 그랑께 고생을 많이 해서 나이 묵응께 아퍼 갖고 걸음도 못 걷고 죽게 생겼어, 영락없이. 그랑께 벵원을 댕기요. 맨: 그란데다가 일을 많이 해 갖고 벵만 걸려 갖고 수술을 열 번도 더 했어.

【그랬지라. 그러니까 고생을 많이 해서 나이 먹으니까 아파서 걸음도 못 걷고 죽게 생겼어, 영락없이. 그러니까 병원을 다니요. 내내 그런데다가 일을 많이 해서 병만 걸려서 수술을 열 번도 더 했어.】

조 바깥어른은 어떻게 돌아가셨어요?

이: 나는 여가 있고 애기들 공부 갈칠라고 목포다 방 얻어 갖고 애기들은 인자 돌아본다고 가서 혼자 손새 밥 해 잡수고 잠자다가 우리 애기들이 아침에 일어나 봉께 즈그 아빠가 새복에 일어나는데 안 일어낭께 '아빠, 아빠' 깨도 안 일어낭께 앉아서 울고 있드라요. 옆에 방에서 봉께. 문 널어 봉께. 그래 갖고 세상 떠 불었어. 갑자기. 어떻게 돌아간지도 모르지요. 나는 가도 못 했어요. 태풍 내레 갖고 배가 앙래 못 항께. 객선 3일 만에 한 번썩 댕겠는데 배도 객선도 못 오고 사선도 못 가고 그래 갖고 다 출상 해 분 뒤로사 갔어요.

【나는 여기에 있고 아이들 공부 가르치려고 목포에다 방을 얻어서 아

이들은 이제 돌아본다고 가서 혼자 손수 밥을 해 잡수고 잠자다가 우리 아이들이 아침에 일어나 보니까 자기 아빠가 새벽에 일어나는데 안 일어나니까 '아빠, 아빠' 깨도 안 일어나니까 앉아서 울고 있더라고요. 옆에 방에서 보니까. 문 열어 보니까. 그래서 세상 떠나 버렸어. 갑자기. 어떻게 돌아간지도 모르지요. 나는 가도 못 했어요. 태풍이 내려서 배가 왕래를 못 하니까. 객선이 3일 만에 한 번씩 다녔는데 배도 객선도 못 오고 사선도 못 가고 그래서 다 출상을 한 뒤에야 갔어요.】

조 초상 치를 때 도와주는 사람이 있나요?

이: 그라지라. 아는 사람 친구도 있고 또 시숙이 먼 배 타다가 바람 불어서 마치 목포가 배가 들어가 있다가 돌아가셨당께 가서 초상 쳤지요. 그라고 우리 동생들이 서울가 있응께 서울서 내려오고. 친구들도 많고 동네 아는 사람도 있고, 그랑께 그래서 초상 쳤제라. 나도 없어도.
【그러지라. 아는 사람 친구도 있고 또 시숙이 먼 배 타다가 바람 불어서 마침 목포에 배가 들어가 있다가 돌아가셨다니까 가서 초상을 치렀어요. 그리고 우리 동생들이 서울에 있으니까 서울에서 내려오고. 친구들도 많고 동네 아는 사람도 있고, 그러니까 그래서 초상을 치렀지라. 나도 없어도.】

조 아이들은 어디에서 낳았어요?

이: 이 가거도 사람은 죽어도 집에서 낳았지라. 의사도 없이. 씨엄씨라고, 씨엄씨 와서 했었지라. 애기 날 때, 씨엄씨 없는 사람은 친정 엄마한테. 남편들은 있도 없고 여그 있어도 학교 가 불고.
【이 가거도 사람은 죽어도 집에서 낳았지라. 의사도 없이. 시어머니라고, 시어머니가 와서 했었지라. 아이 날 때 시어머니가 없는 사람은 친정 엄마한테. 남편들은 있도 없고 여기 있어도 학교에 가 버리고.】

조 씨엄씨가 누구예요?
이: 남편 엄마. 남편 엄마보고 가거도 말로 씨엄씨라고 해요.
【남편 엄마. 남편 엄마보고 가거도 말로 시엄씨라고 해요.】

조 남편은 무슨 일을 하셨나요?
이: 이장질 하다가 고공학교라고 그 애기들이 우리 동네에서는 목포 중학교도 못 가고 그랑께 학교를 설립해 갖고 고공학교를 짓어 갖고 갈쳤어요.
【이장 일을 하다가 고공학교라고 그 아이들이 우리 동네에서는 목포 중학교도 못 가고 그러니까 학교를 설립해서 고공학교를 지어서 가르쳤어요.】

조 선생님이셨어요?
이: 예, 그러다가 갑자기 세상 떠 불어서 이렇게 생겼제.
【예, 그러다가 갑자기 세상을 떠나 버려서 이렇게 생겼지.】

조 형제들은 여기 계세요?
이: 형님 혼자 계신데 행님 돌아가시고 형님 아들이 넷인데 큰아들은 목포서 죽어 불고 여가 ○○라고 한자 있어요.
【형님 혼자 계신데 형님 돌아가시고 형님 아들이 넷인데 큰아들은 목포에서 죽어 버리고 여기에 ○○라고 혼자 있어요.】

조 혼자 계신가요?
이: 아니, 밑에 동생 둘도 있어요. 한나는 당노 걸려 갖고 우체국가 있는데 뻬만 남아 갖고 있고 한나는 여 바다 특강한 데, 막둥이는. 고향도 여기고 시댁도 여기고 사는 곳도 여기고

【아니, 밑에 동생 둘도 있어요. 하나는 당뇨 걸려서 우체국에 있는데 뼈만 남았고 하나는 여기 바다에서 특장 수리하는 데 있고, 막둥이는. 나는 고향도 여기고 시댁도 여기고 사는 곳도 여기고.】

조 옛날 어머니들은 무슨 일을 하셨어요?

이: 어머니들은 인자 나이 잡수고 그라문 그때는 보리랑 매고 그런 일 했제라. 여그는 딴 일 할 것이 없어요. 산하고 물하고백에 없어 갖고.
【어머니들은 이제 나이 잡수고 그러면 그때는 보리를 매고 그런 일을 했지라. 여기는 딴 일을 할 것이 없어요. 산하고 물밖에 없어요.】

조 여기저기 밭이 있던데요?

이: 산밭 이런 것은 파 숭기고 그라제라. 그라고는 이런 밭에는 다 누룩나무[4] 숭기고 있어요. 쪼끔씩 있어 갖고 보리 쪼끔씩 하고 고구마 쪼끔씩 캐 묵고 그랬는데 인자 누룩나무 껍딱이 가격이 있고 그랑께 전수 나무 숨겄어요. 그라고 보리를 갈아도 기계가 없어져 버렸어요. 기래서 보리를 얼마 어뜷게 하겄어요? 기계가 치도 못 하는데. 그래서 보리를 안 갈고 다 나무 심거 버렸어요. 기래서 밧이 없어졌어요. 다 나무 심거 불고.
【산밭 이런 곳은 파를 심고 그러지라. 그리고는 이런 밭에는 다 느릅나무를 심고 있어요. 조금씩 있어서 보리 조금씩 하고 고구마 조금씩 캐 먹고 그랬는데 이제 느릅나무 껍질이 가격이 있고 그러니까 전부 나무를 심었어요. 그리고 보리를 갈아도 기계가 없어요. 그래서 보리를 얼마나 어떻게 하겠어요? 기계로 보리를 베지도 못 하는데. 그래서

---

4 느릅나무로 봄에 어린잎은 식용하거나 사료로 쓰고 나무는 기구재나 땔감으로 쓰며, 나무껍질은 약용 또는 식용한다.

보리를 안 갈고 다 나무 심어 버렸어요. 그래서 밭이 없어졌어요. 다 나무 심어 버리고.】

조 남편은 어떻게 만나셨어요?

이: 여기서 중매했어요. 나는. 우리 어른은 가거도 발전에 앞장 슨 사람이요. 아주 똑똑하게 생겨서. 내가 내 남편을 친 거 아니라 가거도에서 제일 잘난 사람이요. 그런데 시대를 못 타고 그래 갖고 가거도서 그냥 살다가 빙나서 돌아가셨어요. 육지 갔으문, 육지서 살았으면 안 죽었을 텐데. 어멈이, 엄마가 난핼로 일칙 혼자 돼 갖고 자기네 킬라고 고생했다고 어멈 돌아가시문 인자 무덤 없고 나쁜 정신이요. 그 정신이. 니가 잘 삼스로 엄마를 모시든가 그래야 되는디 머 가찬데 산다고 머 어떻게 별다른 게 잘 모시겄소. 한 반데서 모셔서 돌아가신 데 보고 저 나간다 해야지. 세상 떠 불었제라.

【여기서 중매했어요. 나는. 우리 어른은 가거도 발전에 앞장 선 사람이에요. 아주 똑똑하게 생겨서. 내가 내 남편을 칭찬하는 것이 아니라 가거도에서 제일 잘난 사람이에요. 그런데 시대를 못 타고 그래서 가거도에서 그냥 살다가 병이 나서 돌아가셨어요. 육지에 갔으면, 육지에서 살았으면 안 죽었을 텐데. 어머니가, 엄마가 어려움으로 일찍 혼자 돼서 자기네 키우려고 고생했다고 어머니가 돌아가시면 이제 무덤도 없고 나쁜 정신이요. 그 정신이. 네가 잘 살면서 엄마를 모시든가 그래야 되는데 뭐 가까운데 산다고 뭐 어떻게 별다른 게 있어 잘 모시겠소. 한 곳에서 모시고 돌아가신 것을 보고 저 나간다 해야지. 세상 떠나 버렸지라.】

조 중매는 누가 해요?

이: 가거도에서는 유지들, 아는 사람들이 이 사람은 이 처녀 얻으문 쓰겄

다 하고 중매 섰어요. 우리가 정 마음에 안 맞으문 안 간데 어느 정도 믿기는 했던 거 같아요. 그렇게 고생을 많이 하요. 안 갔으문 할 텐데 가 갖고.

【가거도에서는 유지들, 아는 사람들이 이 사람은 이 처녀를 얻으면 좋겠다 하고 중매를 섰어요. 우리가 정 마음에 안 맞으면 안 가는데 어느 정도 믿기는 했던 거 같아요. 그렇게 고생을 많이 했어요. 안 갔으면 할 텐데 시집을 가서.】

조 결혼할 때 가마 타셨어요?

이: 기랬지라. 여기서는 가마 타고 가지라.

【그랬지라. 여기서는 가마를 타고 가지라.】

조 결혼식은 어떻게 하셨어요?

이: 우리는 생결혼 한다고 이 마당 켠을 했어요. 결혼식도. 마당에서.

【우리는 결혼을 한다고 이 마당 한편에서 했어요. 결혼식도. 마당에서.】

조 여기에서 하셨어요?

이: 친정찝서 했지라. 옛날에는 우리 친정이 잘 살았어요. 배 빌고 그랬는데 우리 아버지는 돌아가시고 집이 안 될라고 우리 제:일 큰동생이 세상 떠 불고 그라고 우리 큰동생 아들네는 막 어그리뜨그리 다믄 어:딱을 내놓던지 안팍이 생게서 다 서울가 있어요. 싹 서울로 가 불고 우리 막둥이만 광주 한전가 있어요. 그라고 지 형들은 다 서울가 있고

【친정집에서 했지라. 옛날에는 우리 친정이 잘 살았어요. 배를 운용하고 그랬는데 우리 아버지가 돌아가시고 집이 안 되려고 우리 제일 큰동생이 세상을 떠나 버리고. 그리고 우리 큰동생 아들네는 막 어그리

뜨그리 다만 어디에 내놓던지 안팎이 생겨서 다 서울에 있어요. 모두 서울로 가 버리고 우리 막둥이만 광주 한전에 있어요. 그리고 자기 형들은 다 서울에 있고.】

조 어떤 옷을 입고 결혼식을 하셨어요?

이: 머 신식 결혼한다고 여가 드레스가 있소, 뭐 있소. 하얀 한복 입고 했어요. 그래 갖고 다른 우게 옷은 입고 가매 타고 갔제. 시가로.
【뭐 신식 결혼한다고 여기에 드레스가 있소, 뭐가 있소. 하얀 한복을 입고 했어요. 그래서 다른 위에 옷을 입고 가마 타고 갔지. 시가로.】

조 친정은 어느 쪽이에요?

이: 저기 동쪽이요. 신랑이 가매 타 갖고 와 갖고 거서 겔혼도 해 갖고 또 시가로 갔죠.
【저기 동쪽이요. 신랑이 가마를 타고 와서 거기서 결혼을 하고 또 시가로 갔죠.】

조 시가에서 사나요? 독립하나요?

이: 시가에서 3년 살았어요. 3년. 한 반도에서 3년 살고 독립했어요.
【시가에서 3년 살았어요. 3년. 한 곳에서 3년 살고 독립했어요.】

조 사진도 찍으셨어요?

이: 아이고, 겔혼 사진이란 그때에는 필름이 없더라요. 필름이. 거짓 사진만 찍었어라. 필름이 안에는 없는데 거짓 껍딱으로 그랑께 사진 안 나왔어도 거짓말로 찍었제. 찍은 수웅만 했제. 그런 뒤로 알고 봉께로 필름이 없습디. 인자 뱃질도 한 번썩 가기도 어렵고 사 올래야 사 올 수도 없고 그래 갖고 필름 못 구해던 모냥이요. 기래 갖고 남편한테 우리

동생들만 당했어요. 그런 거 안 준비했다고. 그란데 배들이 빨리 오도가도 못하고 그랑께 못 준비했던 모냥이제라. 나는 그런 것도 아무것도 모르고.

【아이고, 결혼사진이란 그때에는 필름이 없더라고요. 필름이. 거짓 사진만 찍었어라. 필름이 안에는 없는데 거짓 껍질로 그러니까 사진이 안 나오고 거짓말로 찍었지. 찍은 흉내만 했지. 그런 뒤로 알고 보니까 필름이 없더라고요. 이제 배를 타고 한 번씩 가기도 어렵고 사 오려고 해도 사 올 수도 없고 그래서 필름을 못 구하는 모양이에요. 그래서 남편한테 우리 동생들만 당했어요. 그런 거 준비 안 했다고. 그런데 배들이 빨리 오도가도 못하고 그러니까 준비를 못 했던 모양이지라. 나는 그런 것도 아무것도 모르고.】

조 결혼 예물이 있나요?

이: 예물 그런 것도 없었어요. 부수처상이라 그랄 때는 저 신랑이 머 예물해 주고, 그래도 해 줬어요. 금이로 브라치, 브러치 해 줬어요. 나는 시게 해 주고. 우리만 그랬제 가거도 딴 사람들은 그런 법도 없었어요. 나는 남편 옷도 맞차 주고 그랬응께 했제. 딴 사람은 그런 머 없었어요. 신랑 옷 맞차 준 그런 법도 없었고. 나만 해 줬제. 내 또래에서는.

【예물 그런 것도 없었어요. 부수처상이라 그럴 때는 저 신랑이 뭐 예물을 해 주고 그래도 해 줬어요. 금 브로치, 브로치를 해 줬어요. 나는 시계를 해 주고. 우리만 그랬지. 가거도 다른 사람들은 그런 법도 없었어요. 나는 남편 옷도 맞춰 주고 그랬으니까 했지. 다른 사람은 그런 것 뭐 없었어요. 신랑 옷을 맞춰 준 그런 법도 없었고. 나만 해 줬지. 내 또래에서는.】

조 결혼할 때 남자 집에서 가져오는 것이 있어요?

이: 겔혼할 때 옛날 시상에는 떠가고 뭐다고 해 오고 그랬어요. 옛날에는. 그라고 저 딸네 집서도 그리 해 가고 또 신랑 집서도 친정으로 해 오고 그랬어요. 큰 상이라고 그렇게 해 왔어. 떡을, 소주도 가져오고, 고기도 가져오고 여러 가지 것 해서 멫이썩 이고 오고 그랬어요.
【결혼할 때 옛날 세상에는 떡하고 뭣하고 해 오고 그랬어요. 옛날에는. 그리고 저 딸네 집에서도 그렇게 해 가고 또 신랑 집에서도 친정으로 해 오고 그랬어요. 큰 상이라고 그렇게 해 왔어. 떡하고 소주도 가져오고 고기도 가져오고 여러 가지 것을 해서 몇 사람씩 이고 오고 그랬어요.】

조 신랑상, 신부상도 했어요?
이: 예, 그런 거도 다 했지라. 그랑께 그것이 신랑 큰상이여. 그라고 인자 저기다 각시 큰상이라 해 두고 그놈을 친정으로 보내. 그라고 신랑은 즈그 집으로 보내고. 큰상이여. 큰상에다 떡이랑 반찬 같은 거 해서.
【예, 그런 것도 다 했지라. 그러니까 그것이 신랑 큰상이야. 그리고 이제 저기다 각시 큰상이라고 해 두고 그것을 친정으로 보내. 그리고 신랑은 자기 집으로 보내고. 큰상이야. 큰상에다가 떡이랑 반찬 같은 것을 해서.】

조 신랑상과 신부상은 같아요?
이: 아니. 그랄 때는 저리 가져갈 것인 게 이런 바쿠리에다 떡을, 요새 말로 되로 두 말씩 되게 이렇드문 반 석 두 말 되게 떡을 해서 이런 강주리에 개. 이렇게 높이 착착 개서, 그래서 상 놓고 나:. 나:다 신랑 보기만 하고 도다 불어.
【아니, 그럴 때는 저렇게 가져갈 것을 이런 바구니에다 떡을, 요즘 말로 되로 두 말씩 되게, 다시 말해 반 석 두 말 되게 떡을 해서 이런 광주리에 괘. 이렇게 높이 착착 괘서, 그래서 상 놓고 놔. 놓아두었다 신

랑 보기만 하고 줘 버려.】

조 마을 잔치도 하나요?

이: 마을 잔치도 다 하고 그라지라. 옛날에는 쌀떡을 이슥 만썩 했어요. 그라고 서석[5]이라고 그 떡을 시루떡이라고 하고 그래 갖고 잔치한다 하문 한 이틀부터서 기계 없응께 손이로 따 뽀사 갖고 시레에서 찌고 그래 갖고 부주 온 사람 힌떡 멧개썩 시루떡 요만썩 거다 담아주요, 오문 밥 먹고 술 먹고 떡 그놈 담아 주고. 빈자로 보내기 섭서방께 힌떠가고 시루떠가고 같이 담아주제. 시루떡 한 조각하고 힌떡 서너 개써가고

【마을 잔치도 다 하고 그래요. 옛날에는 쌀떡을 이십만 원씩 했어요. 그리고 조라고 그 떡을 시루떡이라고 하고 그래서 잔치한다고 하면 한 이틀부터 기계가 없으니까 손으로 다 빻아서 시루에서 찌고 그래서 부조 온 사람에게 흰떡을 몇 개씩 시루떡을 요만큼씩 담아줘요. 오면 밥을 먹고 술을 마시고 떡 그것을 담아 주고. 빈자로 보내기 섭섭하니까 흰떡하고 시루떡하고 같이 담아주지. 시루떡 한 조각하고 흰떡 서너 개씩.】

조 부조는 뭐 하나요?

이: 옛날에는 소주 한 되에다가 보쌀 몃 되썩 싸 오고 그랬어요. 남자들은 돈이로 시세 있을 때는 5천 원하고 만 원할 때는 만 원하고. 우리 어른 죽을 때는 2천 원이 최고 컸어요. 여자들은 보리쌀 몃 되썩 뜨고 소주 한 되썩 하고 손쿠리[6]에 담아 오문 손쿠리에다 떡 담어 줬어.

【옛날에는 소주 한 되에다가 보리쌀 몇 되씩 싸 오고 그랬어요. 남자

5 서숙이라고도 하며 '조'의 전라도 방언이다.
6 대나 싸리로 엮어 테가 있게 만든 그릇으로 '소쿠리'라고 한다. 손쿠리는 'ㄴ'이 첨가된 형태이다.

들은 돈으로 시세가 있을 때는 5천 원하고 만 원을 할 때는 만 원하고. 우리 어른이 죽을 때는 2천 원이 최고 많았어요. 여자들은 보리쌀 몇 되씩 뜨고 소주 한 되씩 하고 소쿠리에 담아 오면 소쿠리에다 떡을 담아 줬어.】

조 결혼식 때 먹는 국은 있나요?

이: 그라제라. 인자 소 잡고 그렇게는 안 하고 대:지 잡아서는, 대:지는 잡아요. 대:지는 잡아서 썰어 놓고 국은 딴 거 끓이제라. 예를 들어 미역국을 끓인다든지

【그렇죠. 이제 소를 잡고 그렇게는 안 하고 돼지를 잡아서는, 돼지는 잡아요. 돼지는 잡아서 썰어 놓고 국은 다른 것을 끓이죠. 예를 들어 미역국을 끓인다든지.】

조 쌀밥도 먹나요?

이: 그때는 쌀밥이 없었당께요. 보리밥만 있고. 신랑 신부, 그런 사람만 쌀밥 해 주고 딴 사람은 보리 썪어서 해 주고. 보리가 만하겄소 쌀이 만하겄소 그랄 때, 맨 보쌀만 먹제. 우리는 예를 들어서, 우리 아버지가 잘 상께 쌀도 많이 먹고 그랬는데 옛날에 내 또래들은 쌀밥도 못 묵은 사람들이 만해요. 기래서 우리 언니가 나보고 기랬어요. 딴 사람들은 친정집서 쌀 서 말 못 묵고 간다던데 너는 멧 가미 묵고 간다. 동네 보리 숭년이 온: 말: 각처에 들었잖어요. 보리 숭년이 들어 갖고 우리는 배를 빌링께 보리는 폴아다가 술하고 쌀만 폴아다 먹었어. 기래 갖고 쌀밥 많이 먹었제. 보리가 기해 갖고 그랑께 보리가 기항께 그놈 폴아다가 술하고 쌀은 밥 해 묵고.

【그때는 쌀밥이 없었다니까요. 보리밥만 있고. 신랑 신부, 그런 사람만 쌀밥을 해 주고 다른 사람은 보리를 섞어서 해 주고. 보리가 많겠소 쌀

이 많겠소 그럴 때, 맨 보리쌀만 먹지. 우리는 예를 들어서 우리 아버지가 잘 사니까 쌀도 많이 먹고 그랬는데 옛날에는 내 또래들은 쌀밥도 못 먹는 사람들이 많아요. 그래서 우리 언니가 나보고 그랬어요. 다른 사람들은 친정집에서 쌀 서 말을 못 먹고 간다던데 너는 몇 가마니를 먹고 간다. 동네에 보리 흉년이 온 마을 각처에 들었잖아요. 보리 흉년이 들어서 우리는 배를 운용하니까 보리를 팔아서 술하고 쌀만 사서 먹었어요. 그래서 쌀밥을 많이 먹었지. 보리가 귀해서 그러니까 보리가 귀하니까 그것 팔아다가 술하고 쌀은 밥을 해 먹고.】

조 결혼할 때 집에서 가져오는 것 있나요? 요강이나?

이: 오강 그런 것은 안 했어도 양판[7] 같은 것, 박그륵 같은 것은 사 갖고 왔어요. 얼레빗도 우리가 쓸 것잉께 샀죠. 주전지, 오봉[8] 같은 거, 나도 다 사 갖고 왔소. 박그륵, 양판도 좀 사 오고 딴 사람은 그런 것도 안 샀어요.

【요강 그런 것은 안 했어도 양푼 같은 것, 밥그릇 같은 것은 사서 왔어요. 얼레빗도 우리가 쓸 것이니까 샀죠. 주전자, 쟁반 같은 거, 나도 다 사서 왔소. 밥그릇, 양푼도 좀 사 오고 다른 사람은 그런 것도 안 샀어요.】

조 신랑 발 때리는 것도 했어요?

이: 그런 것도 할 때는 했죠. 그런데 우리는 안 했어요. 한 사람도 있을랑가 모른데 겔혼식 때는 안 하고 할마이들이 돌아가시오, 그라문 그랄 때 형부네 그런 사람들을 다 달아, 돌아가실 때.

【그런 것도 할 때는 했죠. 그런데 우리는 안 했어요. 한 사람도 있을지

---

7 음식을 담거나 데우는 데에 쓰는 놋그릇으로 '양푼'의 전남 방언이다.

8 높이가 얕고 동글납작하거나 네모난, 넓고 큰 그릇으로 일본어에서 온 말로 '쟁반'을 사용하는 것이 좋다.

모르겠는데 결혼식 때는 안 하고 할머니들이 돌아가시면 그럴 때 형부네 그런 사람들을 다 달아, 돌아가실 때.】

조 왜요?

이: 가거도 풍습이 그런가 그랍디다[9]. 우리 어려서 보문 작은 엄매 고모네 남편들을, 우리 할마이 돌아가셔서 이 광목 매 갖고 천장에다 달고 그렇게 장난을 합디다. 우리는 그렇게 안 했어. 옛날에는 친정집에서 잠을 자고 댕길 때는 친정집서 그랬는데 그 안 하고 이 한 섬에서 살 때는 친정집서 잠을 안 자고 가 부르요. 그랑께 안 했어요.

【가거도 풍습이 그런가 그럽디다. 우리가 어려서 보면 작은 엄마 고모네 남편들을 우리 할머니가 돌아가셔서 이 광목으로 매서 천장에다 달고 그렇게 장난을 합디다. 우리는 그렇게 안 했어. 옛날에는 친정집에서 잠을 자고 다닐 때는 친정집에서 그랬는데 그리 안 하고 이 한 섬에서 살 때는 친정집에서 잠을 안 자고 가 버려요. 그러니까 안 했어요.】

조 결혼식 때 가장 기억에 남는 것이 있으세요?

이: 기억에 남는 거 머 있겄소.

【기억에 남는 것이 뭐 있겠소.】

조 지금 사는 집은 어떻게 장만했어요?

이: 집이나 있었다! 우리는 놈우 작은 방에서 2년 동안 살다가 이 초집[10]이 째깐해 갖고 있응께능 이 놈을 샀어요. 그 집:서 살다가, 사 갖고 산:데

9 '이다'의 어간, 받침 없는 용언의 어간, 'ㄹ' 받침인 용언의 어간 또는 어미 '-으시-' 뒤에 붙어 하오할 자리에 쓰여, 보거나 듣거나 겪은 사실을 전달하여 알림을 나타내는 종결 어미이다.

10 '초가'의 제주 방언이다.

띠[11]를 떠야라 지붕을 했는데 띠가 없어 갖고 내가 뜰 수 없응께 기양 해마다 해요, 집을. 그런데 띠가 없어서 못 해 놓고 밭에 들어다 짐승 캐 갖고 염소, 소 묶어서 뜯어 지붕도 못 해 놓고 딴 사람은 시레터로 다 갈아 불고 그런 시절이 됐소. 지붕 갈아얄 시절에. 기래 갖고 우리 집 멧 집만, 멧 집만 남았어, 지붕이. 그래서 띠를 못 띵께 갑바[12]를 사다가 우게다 덮어 갖고 산:데 인자 어른이 애기들한테 가서 딱 죽어 불었소. 죽어 불었는데 갑바가 적어 갖고 밑에 안 당께 이런 데가 썩어 갖고 방에다 저런 다라[13] 대 노으문 흑덩어리가 통통 빠꼬 물이 한나썩 차고 기랬는데, 나사[14] 세상 더런 세상 살아서 내가 중학교만 나왔으문 소설책을 멋지게 쓰겄소만 못 배와서 그게 한이요. 기런데 비가 장창 양껏 옹께로 그것도 못 대고 부억으로 또[15]를 쳤소. 그래 갖고 제사 넘응께 올해 제사 딱 넘응께 그 뒤로 기냥 이 나무도 멋도 준비도 이런 나무도 준비도 하도 안 해 놓고 비가 생께 이 집을 뜯어 불었어요. 비 새서 못 상께 그래 갖고 놈우 집서 이런 것을 사 날르고 짓어 갖고 땅도 좁지만 그랄 때는 야튼 부억 한나 방 한나 나 얽어 깨 들어가도 비 안 새고 이렇게 짓으문 살겄다 기랬는데 인자 기냥 삼스록 봉께 집이 너무 좁아 살수록 후회스러운데 집 나무가 없어서 곡간집[16]으로 짓었

11 볏과의 여러해살이풀로 줄기는 높이가 30~80cm이고 원뿔형으로 똑바로 서 있으며, 잎은 뿌리에서 뭉쳐난다. 5~6월에 이삭 모양의 흰색 또는 흑자색 꽃이 가지 끝이나 줄기 끝에 수상(穗狀) 화서로 핀다. 지붕을 이는 재료나 수공예품 재료로 사용하였다.

12 일본어로 방수용 천막을 말한다.

13 물을 담아서 무엇을 씻을 때 쓰는 둥글넓적한 그릇으로 '대야'의 전라도 방언이다.

14 받침 없는 체언류나 조사, 어미 뒤에 붙어 '야'의 뜻으로 '사'에서 '사'로 변한 것이다.

15 집 안에서 버린 물이 집 밖으로 흘러나가도록 만든 시설로 '또랑'이라고도 하며 '수채'의 전남 방언이다.

16 곡식을 보관해 두는 곳간과 같은 작은 집을 말한다.

어요. 집 나무가 부족해 갖고. 기래 갖고 방도 째깐하고[17] 이런 칸도 째깐해 갖고 나 혼자 상께롱 누구 한자만 있으문 좁아서 못 살어.
【집이나 있었다요! 우리는 남의 작은 방에서 2년 살다가 이 초가가 작고 있으니까 이 집을 샀어요. 이 집에서 살다가, 사서 사는데 띠를 떠야 지붕에 올릴 수 있는데 띠가 없어서 내가 뜰 수 없으니까 그냥 해마다 해요. 집을. 그런데 띠가 없어서 못 해 놓고 밭에 들어가 짐승이 캐서, 염소, 소를 묶어서 뜯어 지붕을 못 해 놓고 다른 사람들은 슬레이트로 다 갈아버리고 그런 시절이 됐소. 지붕을 갈아야 할 시절에. 그래서 우리집 몇 집만, 몇 집만 남았어. 지붕이. 그래서 띠를 못 베니까 방수용 천막을 사다가 위에다 덮어서 사는데, 이제 남편이 아이들에게 가서 딱 죽어버렸소. 죽어버렸는데 방수용 천막이 작아서 밑에 안 다니까 이런 데가 썩어서 방에서 저런 대야를 놓으면 흙덩어리가 통통 빠지고 물이 가득 차고 그랬는데, 나야 세상, 더러운 세상을 살아서 내가 중학교만 나왔으면 소설책을 멋지게 쓰겠지만 못 배워서 그게 한이요. 그런데 비가 계속해서 많이 오니까 그것도 못 대고 부엌에 수채를 만들었소. 그래서 제사가 지나니까 올해 제사가 지나니까 그 뒤로 그냥 이 나무도 뭣도 준비도 안 해 놓고 비가 새니까 이 집을 뜯어버렸어요. 비가 새서 못 사니까 그래서 남의 집에서 이런 것을 사 나르고 지어서, 땅도 좁지만 그럴 때는 낮은 부엌 하나 방 하나, 나 엎드려 들어가도 비가 안 새고 이렇게 지으면 살겠다 했는데 이제 그냥 살면서 보니까 집이 너무 좁아서 살수록 후회스러운데 집에 나무가 없어서 곳간집으로 지었어요. 집에 나무가 부족해서. 그래서 방도 조그마하고 이런 칸도 조그마해서 나 혼자 사니까 누구 하나만 있으면 좁아서 못 살아.】

17 '조그마하다'의 전남 방언이다.

조 예전에 미역 공동 작업했어요?

이: 했지라. 공동 작업을 해 갖고 미역을 가구로 대서 나나서 한 집썩 갖다 널고 기랬지라.

【했지라. 공동 작업을 해서 미역을 가구로 나눠서 한 집씩 가져가 널고 그랬지라.】

조 지금도 공동 작업을 하나요? 창신 식당에서는 하는 것 같던데요.

이: 그랑께 그 시절이 없어진 지 한 20년이 됐당께라. 기름갑이 비싸고 배들이 옛날에는 노 젓어 다녔는데 다 기계를 농께 기름갑 비싸고 즈그 고기 잡아 묵고 그랄라고 미역들을 안 가요. 안 강께 기양 못 간 사람 냅두고[18] 즈그 멋대로 할 수 있는 사람만 해다 먹응당께라. 즈그가 물에 가서 할 수 있는 사람만. 놈 배럴도 영자는 젊응께는 저 남 배로 가서 해 와서 배싹만 주고 해 오고 그래요. 우리는 늙어서 그럴 수도 없지라. 다리 아프고 그랑께 놈우 것 널어 주고 국 끄릇 조금씩 얻어 날리제.

【그러니까 그 시절이 없어진 지 한 20년이 됐다니까요. 기름값이 비싸고 배들이 옛날에는 노 저어 다녔는데 다 기계를 사용하니까 기름값이 비싸고 자기 고기를 잡아 먹고 그러려고 미역들을 안 가요. 안 가니까 그냥 못 간 사람을 놓아두고 자기 멋대로 할 수 있는 사람만 뜯어다가 먹는다니까요. 자기가 물에 가서 할 수 있는 사람만. 남의 배라도, 영자는 젊으니까 저 남의 배로 가서 해 와서 뱃삯만 주고 해 오고 그래요. 우리는 늙어서 그럴 수도 없지라. 다리 아프고 그러니까 남의 것을 널어 주고 국 끓일 것을 조금씩 얻어 나르지.】

18 '놓아두다'의 전남 방언이다.

조 젊었을 때는 물질하면서 살림살이 장만하셨어요?

이: 기랬지라.

【그랬지라.】

조 첫아이 가졌을 때 태몽 꾸셨어요?

이: 특별한 꿈도 못 꿨어요. 다 잊어버렸제라.

【특별한 꿈도 못 꿨어요. 다 잊어버렸지라.】

조 입덧을 하셨어요?

이: 입덧은 원 없이 했지라. 밭으만 나가면 다 토하고 그때 우리 어른이 이장질할 땐데 한 집서 산:데 시가에서 산:데 어른은 일 때문에 육지 나가고 없는데 한: 데 오다가 다쳐 갖고 구덕[19]에 뚤러져 갖고 어찌게[20] 찢고 들어 갖고 그랄 때 짝지[21] 밖에 짝지에다 꼬매[22] 갖고 사람들이 양껏 된:데 한 30명 된:데 그 밥을 이장집서 쌂아야 돼. 날마다 더구나 여름에 더운데, 그래 갖고 한 열흘 맡어 나서 날마다 비 오고 한데 나는 진숙이 섬수[23]로 음석을 돌아보기도 싫제, 어른은 목포 가서 날 궂어서 못 오고 그래 갖고 나는 우리 친정에 가 불었어요. 그 음석 냄새 맡어서 싫응께. 한 보름 돼서 날이 풀려 갖고 우리 어른이 와 갖고 그 사람들을 이 밑에 공청이라고 내 보냈어. 우리 집서. 느그끼리 밥 해묵고 해라 하고.

【입덧은 원 없이 했지라. 밥만 먹으면 다 토하고 그때 우리 어른이 이

19 '구덩이'의 전남 방언이다.

20 '어찌'의 전남 방언이다.

21 자갈 해변을 말한다.

22 '꿰매다'의 방언이다.

23 가냘프고 여린 손을 말한다.

장 일을 할 때인데 한 집에서 사는데, 시가에서 사는데 어른은 일 때문에 육지에 나가고 없는데 한곳을 가는데 다쳐서 구덩이가 뚫려져서 어찌 찢고 들어가서 그럴 때 자갈 해변 밖에, 자갈 해변에서 꿰매서 사람들이 많이 있는데, 한 30명이 되는데 그 밥을 이장 집에서 지어야 돼. 날마다 더구나 여름에 더운데, 식사준비를 한 열흘을 맡아서 날마다 비가 오고 그런데 나는 무섭고 여린 손으로 음식을 돌아보기도 싫지. 어른은 목포에 가서 날씨가 궂어서 못 오고 그래서 나는 우리 친정에 가 버렸어요. 그 음식 냄새를 맡아서 싫으니까. 한 보름이 되어서 날씨가 풀려서 우리 어른이 와서 그 사람들을 이 밑에 공청이라는 곳에 내보냈어. 우리 집에서. 너희들끼리 밥을 해 먹고 해라 하고.】

조 입덧할 때 먹고 싶은 것 없었어요?

이: 묵고 싶은 것이 없었는데 있어도 이 동네에 없:응께 못 묵고 맨 고구마 무갱이[24]라고 무갱이 숨겄다가 순이 나문 띠서 밭에다 놓고 무강[25], 고구마 그것을 삶아서 고것만 쪼깐석 묵고 살았어요. 밥으만 들어가문 나아불고. 그 무강, 고구마 들어가문, 나는 그것 묵고 살고 그랬어요. 【먹고 싶은 것이 없었는데 있어도 이 동네에 없으니까 못 먹고 내내 고구마 묵정이라고 오래된 고구마를 심었다가 순이 나면 떼서 밭에다 놓고 씨앗 고구마 그것을 삶아서 그것만 조금씩 먹고 살았어요. 밥만 들어가면 나아버리고, 그 씨앗 고구마 들어가면, 나는 그것을 먹고 살고 그랬어요.】

조 아기 낳고 뭐 먹어요?

---

24 묵어서 오래된 물건으로 '묵정이'의 전남 방언이다. 여기서는 오래된 고구마를 말한다.

25 씨앗으로 쓸 고구마를 말한다.

이: 미역구가고 쌀밥.
【미역국하고 쌀밥.】

조 며칠이나 먹어요?
이: 없는 사람은 한 이레, 멋도 없이 보리밥 점심도 없고 그란답디다. 그런데 우리 때는 돈만 있으문 폴아 묵고 그랬제. 우리는 인자 두 이레라고 넘도록 해 주요. 두 이레 동안 미역국이랑 쌀밥 먹었어요.
【없는 사람은 한 이레, 뭣도 없이 보리밥 점심도 없고 그런답디다. 그런데 우리 때는 돈만 있으면 사서 먹고 그랬지. 우리는 이제 두 이레가 넘도록 해 줘요. 두 이레 동안 미역국이랑 쌀밥을 먹었어요.】

조 제사도 지내셨어요?
이: 그라제라. 지금도 해 놓지라. 교회 안 댕기문.
【그러지라. 지금도 해 놓지라. 교회 안 다니면.】

조 빚도 있어요?
이: 돈을 빌려 쓰문 갚을 자신이 없어요. 내가 벌어서 옛날이고 지금이고, 우리 애기들 갈칠 때도 그라고 아무리 없어도 놈우 빗은 안 했어요. 빗 내고 갚을 자신이 없잖아요. 재산이 있어야 이런 산판[26]도 없고 우리는 밭도 없어요. 농사란 것도 앙것도 없:응께 갚을 자신이 없:응께 빗도 못 내고 그저 내가 벌어서 애기들한테 그때는 한 달 즈그 형제들 생활비 3만 원썩 보냈어요. 그놈 벌어 갖고 또 보내 주고 다음 달에 보내고.
【돈을 빌려 쓰면 갚을 자신이 없어요. 내가 벌어서 옛날이고 지금이고,

26 나무를 함부로 베지 못하게 가꾸는 산을 말한다.

우리 아이들을 가르칠 때도 그렇고 아무리 없어도 남의 빚은 안 졌어요. 빚을 내고 갚을 자신이 없잖아요. 재산이 있어야 이런 산도 없고 우리는 밭도 없어요. 농사란 것도 아무것도 없으니까 갚을 자신이 없으니까 빚도 못 내고 그저 내가 벌어서 아이들에게 그때는 한 달에 자기 형제들 생활비로 3만 원씩 보냈어요. 그것을 벌어서 또 보내주고 다음 달에 보내고.】

조 돈은 어떻게 벌었어요?

이: 이 나무 있지요, 미역은 하기도 해도 이것 갖고는 택도 없응께 이 나무를 해다가 여기다 막 쌓아서 해 낳다가 연탄을 안 땔 때 때고 지름이 없었잖아요. 그래서 그놈 한 짐이 2만 원썩 폴았어요. 기래서 고놈 갖고 나무 팔아서 애들 생활비를 해서 보내고, 보내고 했어요. 그라고 그 뒤로부터서 우리 애들 공부 다 해 불고 낭께 머 보일라 놓고 온 동네 사람들이 전기장판 갖다 놓고 그래 갖고 나무 없어졌제, 나무 때고 상께 나무를 팔았어. 힘들어도 해다가 팔았지라, 힘들어도. 그래서 골병이 들었단 말이요. 몸에가. 기래 갖고 맨: 빙만 나서 죽게 생겼어.

【이 나무 있지요, 미역은 하기는 해도 이것 가지고는 부족하니까 이 나무를 해다가 여기다 막 쌓아서 해 놓았다가 연탄을 안 땔 때 때고 기름이 없었잖아요. 그래서 나무 한 짐에 2만 원씩 팔았어요. 그래서 그것 가지고 나무를 팔아서 아이들 생활비를 해서 보내고, 보내고 했어요. 그리고 그 뒤로부터는 우리 아이들이 공부를 다 해 버리고 나니까 뭐 보일러를 놓고 온 동네 사람들이 전기장판을 가져다 놓아서 나무가 없어졌지. 나무를 때고 사니까 나무를 팔았어. 힘들어도 나무를 해서 팔았지라, 힘들어도. 그래서 골병이 들었단 말이요. 몸에. 그래서 계속 병만 나서 죽게 생겼어.】

조 시집살이도 하셨어요?

이: 동서하고 씨엄씨하고 같이 살았어도 씨집살이 안 했어요. 나는. 멋을 잘못한 게 모대야 시집살이를 하제. 알어서 다 해 빈데. 우리 어머니가 그랬어요. 알어서 다 해 빈데 뭐 할 말이 없어. 머 있다요? 나 스물네데 나 다 컸소. 딴 사람들은 시무 살에도 하고 열아홉 살에도 하고 시물한 살에도 겔혼하고 그랬는데 내가 그때는 늦게 했어요. 남편이 지원해서 군대 가 버려서 늦게 했어요. 그랑께 우리 친정집서 배 빌고 그랑께는 사람 접대도 마:이 하고 밥도 마:이 하고 그랑께 그것은 다 했지라.

【동서하고 시어머니하고 같이 살았어도 시집살이를 안 했어요. 나는. 뭣을 잘못한 게, 못해야 시집살이를 하지. 알아서 다 해 버리는데. 우리 어머니가 그랬어요. 알아서 다 해 버리는데 뭐 할 말이 없어. 뭐 있다요? 나 스물넷에 나 다 컸소. 다른 사람들은 스무 살에도 하고 열아홉 살에도 하고 스물한 살에도 결혼하고 그랬는데 내가 그때는 늦게 했어요. 남편이 지원해서 군대에 가 버려서 늦게 했어요. 그러니까 우리 친정집에서 배를 운용하고 그러니까 사람 접대도 많이 하고 밥도 많이 하고 그러니까 그것은 다 했지라.】

조 제사 지낼 때 음식 준비는 어떻게 하세요?

이: 가거도는 전부 할 것이 없응께는, 요새 사람들이 전 같은 것도 부쳤제. 옛날에 고사리, 콩노물, 녹두노물[27], 녹두 폴아다가 그때는 일일이 다 지라서 콩도 그라고. 콩노물도 그라고, 꼬사리는 산에서 끙커다 하고, 그라고 고기하고 국 끓으고 그렇게밖에 안 했어요. 떠가고, 떡은 도굿대로 뽀사 갖고 시리에다 깔아서 시루떡을 만들었제. 짝 깔고 상에다

27 '숙주나물'의 전남 방언이다.

낫제. 지금은 떡국도 없고 머도 없고 밥도 해 놓을라문 놓고 안 해 놓을라문 안 해 놓고 그란다요.

【가거도는 전부 할 것이 없으니까 요즘 사람들은 전 같은 것도 부쳤지. 옛날에 고사리, 콩나물, 숙주나물, 숙주 팔아다가 그때는 일일이 다 길러서 콩도 그러고. 콩나물도 그러고 고사리는 산에서 꺾어서 하고 그리고 고기하고 국을 끓이고 그렇게밖에 안 했어요. 떡하고, 떡은 절구로 찧어서 시루에다 깔아서 시루떡을 만들었지. 짝 깔고 상에다 낫지. 지금은 떡국도 없고 뭐도 없고 밥도 해 놓으려면 놓고 안 해 놓으려면 안 해 놓고 그런대요.】

조 제사상에 뭐 놓나요?

이: 고사리, 콩노물, 녹두노물, 고기.

【고사리, 콩나물, 숙주나물, 고기.】

조 국은요? 과일은요?

이: 국은 안 놓고. 그때에 과일은 기:한 때라 과일이 어딨소, 요즘에나 과일 있제, 그때는 과일 구경도 못 했제라.

【국은 안 놓고. 그때에 과일은 귀한 때라 과일이 어딨소, 요즘에나 과일이 있지. 그때는 과일 구경도 못 했지라.】

조 여기서 나는 과일은?

이: 여기서 과일이라는 것은 없어요. 뻘뚝[28]이라고 인자 그거 멧 년 만에 한 번 넌다고 올해 열였다요.

【여기는 과일이라는 것은 없어요. 보리수라고 이제 그거 몇 년 만에

---

28 '보리수'의 전남 방언이다.

한 번 연다고 올해 열었대요.】

조 이게 뭐예요?

이: 워메, 이거 씨레기구만! 따로도 안 가고 놈이 가져간다고 해서 못해 났는데, 다 묵고 남은 깍찌여. 이거를 헹처 갖고 쌂아 갖고 이빨이로 콱 깨물문 입맛이 좋아요. 이놈을 물에 당갔다가 팍팍 문테 시치제라. 이거 버릴 거여. 딴 사람이 가져간다고 그랬어라. 이거 준 사람이. 씨를 가져갈라고. 기래서 안 버리고 나당께라.

【웨메, 이거 쓰레기구만! 따러도 안 가고 남이 가져간다고 해서 뒀는데 다 먹고 남은 껍질이야. 이것을 헹궈서 삶고 이로 콱 깨물면 입맛이 좋아요. 이것을 물에 담갔다가 팍팍 문질러서 씻으지라. 이거 버릴 거야. 다른 사람이 가져간다고 그랬어라. 이거 준 사람이. 씨를 가져가려고. 그래서 안 버리고 나 두었다니까.】

조 가거도는 어떤 명절을 크게 보내요?

이: 설하고 추서가고 크게 보내고 다른 것은 없지라. 보름은 이작저작[29] 넘어가고.

【설하고 추석하고 크게 보내고 다른 것은 없지라. 보름은 그럭저럭 넘어가고.】

조 사람 죽으면 어떻게 해요?

이: 옛날에는 죽으문 우리 할마이 돌아가셨어도 우리 집이 잘 상께 소를 잡았어라, 초상 나문, 기래 갖고 그 뒤로부터 애증간한 사람들은 돌아가시문 소를 잡았어요. 그러더니 요즘은 다 목포로 가 붕께 소도 못 잡

29 '그럭저럭'의 전남 방언이다.

고 암것도 못 잡고 기양 목포서 초상 처 불고 거서 머리 쫌썩 해 갖고 동네서 끓어주고 그래요. 지금은.

【옛날에는 죽으면 우리 할머니가 돌아가셨어도 우리 집이 잘 사니까 소를 잡았어라. 초상이 나면 그 뒤로부터는 웬만한 사람들은 돌아가시면 소를 잡았어요. 그러더니 요즘은 다 목포로 가 버리니까 소도 못 잡고 아무것도 못 잡고 그냥 목포에서 초상을 치러 버리고 거기서 돼지 머리를 조금씩 해서 동네에서 끓여주고 그래요. 지금은.】

조 장의사가 있나요?

이: 없죠! 이런 섬에 머 있겄소. 없지라.

【없죠! 이런 섬에 뭐 있겠소. 없지라.】

조 돌아가실 때 무슨 옷을 입히나요?

이: 옛날에는 마포[30]로 만들었지라, 위아래. 손에는 안 하고 머리만. 머리는 수건 쓰고. 발은 남자들은 행전[31]이라고 찹디다. 여자들은 안 하고. 남자들은 마포로 만들어 갖고 여다 끼: 갖고 찍스[32] 매고 그랬제. 지금은 안 하고.

【옛날에는 삼베로 만들었지라, 위아래. 손에는 안 하고 머리만. 머리는 수건을 쓰고. 발은 남자들은 행전이라고 찹디다. 여자들은 안 하고. 남자들은 삼베로 만들어서 여기에 껴서 X자로 매고 그랬지. 지금은 안 하고.】

---

30 삼실로 짠 천으로 '삼베'가 순화한 용어이다.

31 바지나 고의를 입을 때 정강이에 감아 무릎 아래 매는 물건으로 반듯한 헝겊으로 소맷부리처럼 만들고 위쪽에 끈을 두 개 달아서 돌라매게 되어 있다.

32 행전의 두 끈을 알파벳 'X'자 모양으로 매듭짓는 것을 말하는 것 같다.

조 땅에 묻고 제도 지내나요?

이: 행토제라고 땅속에다가 죽은 사람을 딱 여: 놓고 그 우게로 엱으고[33] 종우 깔고 삽으로 흑 좀 쪼깐 깔아 놓고 걸게 밥을 차려 놔. 그놈 거두고 멧을 만들제. 그란데 지금은 머 화장이로 해 붕께 그런 법이 없어졌제.
【행토제라고 땅속에다가 죽은 사람을 딱 놓고 그 위로 올려놓고 종이를 깔고 삽으로 흙을 좀 깔아 놓고 푸짐하게 밥을 차려 놔. 차려 놓은 그것을 정리하고 묘를 만들지. 그런데 지금은 뭐 화장으로 해 버리니까 그런 법이 없어졌지.】

조 무당이 있나요?

이: 무당 없어요.
【무당이 없어요.】

조 행토제는 어떻게 하나요?

이: 음석을 다 만들어서 산에 들고 가요. 이고 가서 거다 머 깔고 차려 놓고.
【음식을 다 만들어서 산에 들고 가요. 이고 가서 거기에 뭐 깔고 차려 놓고.】

조 상주는 뭐 입어요?

이: 상주들이 마포 옷 입제. 죽은 사람은 수의 입제. 옛날이나 지금도 다 마포로 만든 것 같드만. 목포서 바:도. 원 상주 머리에 마포, 굴간[34]이라고 만들어서 높이 씬 거 했지라.

---

33 '얹다'의 옛말이다.

34 상주가 상복을 입을 때에 두건 위에 덧쓰는 건으로 '굴관'의 전남 방언이다.

【상주들이 삼베 옷을 입지. 죽은 사람은 수의를 입지. 옛날이나 지금도 다 삼베로 만드는 것 같더만. 목포에서 봐도. 원 상주 머리에 삼베, 굴관이라고 만들어서 높이 쓰는 것을 했지라.】

조 몇 시에 일어나세요?

이: 요즘은 일 없으문 7시에도 일어나고 일어나기 싫으문 7시 반에도 일어나고 일 있으문 일칙 일어나고 내일은 노인들 일하러 가고 여덜 시 반까지 면[35]으로 강께. 나는 영세민[36] 해 갖고 지금까지 그런 일을 안 써 중께 안 했어요. 그런데 작년에 빼 불었다 말이오, 영세민에서. 작년에는 내가 아퍼서 하리야 할 수도 없었지만 올해는 가만 봉께 한 사람이 또 쓰고 또 쓰고 그랍디다.

【요즘은 일이 없으면 7시에도 일어나고 일어나기 싫으면 7시 반에도 일어나고 일이 있으면 일찍 일어나고 내일은 노인들이 일하러 가니 8시 반까지 면사무소로 가니까. 나는 영세민을 해서 지금까지 그런 일을 안 써 주니까 안 했어요. 그런데 작년에 빼 버렸단 말이오, 영세민에서. 작년에는 내가 아파서 하려고 해도 할 수도 없었지만 올해는 가만 보니까 일한 사람을 또 쓰고 또 쓰고 그랍디다.】

조 일하면 하루에 얼마 받아요?

이: 하리에 2만 원썩 준다요. 노인들이 일을 얼마나 하겄소. 올해 한번 가만히 작년에 생각하기로 작년은 아픙께 못 하고 올해 괜찮응께 나 좀 써 주라고 한번 갔었어요. 면에를, 그런데 아무 소식 없고 안 써 주고 작년 일한 사람을 또 쓰고 그랑께 이래서는 안 되겄다, 면에를 쫒아갔

35 가거도에는 가거도 관리사무소가 있다. 면은 관리사무소를 말한다. 면사무소는 흑산면 진리에 있다.

36 수입이 적어 몹시 가난한 사람을 말한다.

어요. 면에를, 가거도 면에를 쫓아가서 어:째서 노인들 일을 어:찌게 생겼응께 쓴 사람만 쓰고 안 쓴 사람은 안 쓰냐고 그랑께 즈그는 절대 모릉께 흑산도에다 전화하라고 즉어 줍디다, 나는 소장님을 따지러 온 게 아니라 법으로 정해져서 꼭 쓰는 사람만 쓰느냐 그것을 알아보러 왔다고 일부러 그랬어요. 그랑께는 즈그는 모릉께 복지과 전화번호 적어주면서 전화해 보랑께 우리 집에 와서 했어요. 복지과에다가. 일 년에 두 번썩 쓰문 이 노인들이 두 사람만 산 것 아니고 여러 사람인데 일 년이 다 돌아올 딴에 한 번도 못 하고 죽어 불겄냐? 저 이 노인들 할 만한 일을 할 만한 노인들을 열으고 멧이고 한 참에 쓴:데 멧 달로 해 불어라, 일 년 치를. 복지과에 전화를 했어라, 나라에서 시킨 일을 어떻게, 여보시오, 나라에서 시킨 일을 왜 그따구[37]로 하냐고, 왜 쓰는 사람만 쓰냐고 일할 만한 사람 다 하라고 악을 쓰고 했지라 그래 갖고 우리 일곱 사람을 써요. 서이 따로 쓰고, 열이 쓸 판이여. 그라고 멧이 못 들어간 사람은 내년에 쓰고.

【하루에 2만 원씩 준대요. 노인들이 일을 얼마나 하겠소. 올해 한번 가만히 작년을 생각해 보니 작년은 아프니까 못 하고 올해는 괜찮으니까 나 좀 써 주라고 한번 갔었어요. 면에. 그런데 아무 소식도 없고 안 써 주고 작년에 일한 사람을 또 쓰고 그러니까 이래서는 안 되겠다고 생각해 면사무소에 쫓아갔어요. 가거도 면사무소를 쫓아가서 어째서 노인들 일을 어떻게 처리하길래 쓴 사람만 쓰고 안 쓴 사람은 안 쓰냐고 그러니까 자기는 절대 모르니까 흑산도에 전화하라고 적어 줍디다. 나는 소장님한테 따지러 온 것이 아니라 법으로 정해져서 꼭 쓰는 사람만 쓰느냐 그것을 알아보러 왔다고 일부러 그랬어요. 그러니까 자기는 모르니까 복지과 전화번호를 적어주면서 전화해 보라니까 우리 집에

---

37 '그따위'의 방언이다.

와서 전화했어요. 복지과에다가. 일 년에 두 번씩 쓰면 이 노인들이 두 사람만 사는 것이 아니고 여러 사람인데 일 년이 다 돌아올 때는 한 번도 못 하고 죽어버리겠냐? 저 이 노인들 할 만한 일을, 할 만한 노인들을 열이고 몇이고 한 때에 쓰는데 몇 달로 해 버려라, 일 년 치를. 복지과에 전화를 했어라. 나라에서 시킨 일을 어떻게, 여보시오, 나라에서 시킨 일을 왜 그따위로 하냐고, 왜 쓰는 사람만 쓰냐고 일을 할 만한 사람을 다 하라고 악을 쓰고 말했지라. 그래서 우리 일곱 사람을 써요. 셋을 따로 쓰고 열이 쓸 형편이야. 그리고 몇이 못 들어간 사람은 내년에 쓰고.】

조 몇 살부터 물질을 하셨어요?

이: 열아홉 살 때부터 했어요. 미역 뜨러, 열아홉 살 때 처음 갔소. 배 타고 가서 두름박[38] 들고 가서 빠져서 시: 댕기면서 들어다봐서 미역 있으문 들어가서 낫으로 비: 갖고 갖고 나와서 홍수레[39]에 담고 그랬지라. 【열아홉 살 때부터 했어요. 미역을 뜯으러, 열아홉 살 때 처음 갔소. 배를 타고 가서 테왁을 들고 가서 물에 빠져서 가볍게 다니면서 들여다봐서 미역이 있으면 들어가서 낫으로 베어 가지고 나와서 망사리에 담고 그랬지라.】

조 낫도 있어요?

이: 있지라. 낫 베: 주라, 저 안에 있응께. 일하러 갖고 강께 가방에다 딱 담어 놓고. 이런 낫으로 비요. 지김이나 옛날이나 다 똑같지. 지금은

---

38 박의 씨 통을 파내고 구멍을 막아서 해녀들이 작업할 때 바다에 가지고 가서 타는 물건으로 '테왁'이라고 하며 흑산도에서는 '두름박'이라고 부른다.

39 해녀가 채취한 해물 따위를 담아 두는, 그물로 된 그릇으로 제주도에서는 '망사리'라고 하고 흑산도에서는 '헝서리', '멍서리', '홍수레'라고도 부른다.

이런 스댕으로 안 나오고 목으로,
【있지라. 낫을 보여 줄까요? 저 안에 있으니까. 일하러 가지고 가니까 가방에다 딱 담아 놓고. 이런 낫으로 베어요. 지금이나 옛날이나 다 똑 같지. 지금은 이런 스테인리스로 안 나오고 나무로.】

조 밭일도 하셨어요?
이: 보리 갈고 고구마 심그고 다 했지라.】
【보리를 심고 고구마를 심고 다 했지라.

조 밭일하다가 물질하러 가기도 해요?
이: 보리 하다가 가고 그라지라. 날 좋으문.
【보리를 하다가 물질하러 가고 그러지라. 날이 좋으면.】

조 미역은 언제 따요?
이: 음력 3월달서부터 한 집에 한 사람씩 나가서 무레[40]했어요. 으찰 때는 미역이 많이 길고 숙련되문 음력 2월 건병되도 하고, 장마할 때는 못 해요. 장마 올 때까지 해요. 그라고 끝나 불어라. 장마 오고 나문 미역도 벳이 너무 나 갖고 못 하고 미역도 베러지고 그라니까 장마 안에백에 못 해요.
【음력 3월부터 한 집에 한 사람씩 나가서 물질을 했어요. 어떨 때는 미역이 많이 길고 숙련되면 음력 2월 건병되어도 하고, 장마 때는 못 해요. 장마가 올 때까지 해요. 그리고 끝나 버려요. 장마가 오고 나면 미역도 볕이 너무 나서 못 하고 미역도 버리고 그러니까 장마 안에밖에

40 '물질'의 방언이다. 흑산도에서는 바다로 잠수하여 해산물을 채취하는 물질을 '무레' 나간다고 한다. 그리고 해녀를 '무레꾼'이라고 부른다.

못 해요.】

조 소라나 전복도 잡아요?

이: 소라를 팔아 버렸잖아요. 소라 밧을, 그랑께 그 전에 우리 처녀 때는 안 팔았응께 우리가 기양 미역 할 때는 하고 안 할 때는 소라 잡으러 댕기고 그랬어요. 미역 안 할 때는 한 움쿰썩 잡아 갖고 누가 쌩이로 사는 사람이 없응께 쌂아서 꼿댕에다 열 마리썩 끼:서 몰리서 팔고 그랬지라. 그런데 지금은 구경도 못 하지라, 소라.

【소라를 팔아버렸잖아요. 소라 밭을, 그러니까 그 전에 우리 처녀 때는 안 팔았으니까 우리가 그냥 미역을 할 때는 하고 안 할 때는 소라를 잡으러 다니고 그랬어요. 미역을 안 할 때는 한 움큼씩 잡아서 누가 생으로 사는 사람이 없으니까 삶아서 꼬챙이에 열 마리씩 끼어서 말려서 팔고 그랬지라. 그런데 지금은 구경도 못 하지라, 소라를.】

조 무레할 때 뭐 가지고 가요?

이: 인자 배 비린 집서 점슴을 다 대. 그랑께 배 짓[41] 한 짐을 더 먹었어요. 배 빌린 집서. 바바고 술하고 반찬하고 그렇게 가져가서 미역 함시로 술 묵은 사람은 술 묵고 밥 묵은 사람 밥 묵고 그렇게 했지라. 우리는 두름바가고 나무, 그랄 때는 불을 핐:어, 고무옷이 없:응께. 이런 베로 옷을 만들어 입고 댕깅께는 웜메, 그놈 모를라 하문 칙칙해 갖고 물에 빠질라문 으쓱으쓱 춥고 징해. 말만 해도 몸서리 쎄:.

【이제 선주가 점심을 다 준비해. 그러니까 배 짓으로 한 짓을 더 줘요. 선주에게. 밥하고 술하고 반찬하고 그렇게 가져가서 미역을 하면서 술

41 해녀가 해산물을 채취하고 공동으로 분배할 때 개인에게 주는 것을 말하는데 독립된 집을 짓고 살아야 1짓을 인정해준다. 만일 셋방을 살면 반 짓만 준다. 그리고 선주의 경우에 배 짓과 준비한 음식물에 각각 1짓을 준다.

을 먹는 사람은 술을 마시고 밥을 먹는 사람은 밥을 먹고 그렇게 했지라. 우리는 테왁하고 나무를 준비해요. 그럴 때는 불을 피웠어, 고무옷이 없으니까. 이런 베로 옷을 만들어 입고 다니니까 어머, 그것 마르려고 하면 축축해서 물에 빠지면 으쓱으쓱 춥고 힘들어. 말만 해도 몸서리쳐.】

조 남자들도 무레 했어요?

이: 그랬지라. 남자, 여자 그렇게 했지라. 남자 없는 사람은 여자 댕기고 남자 있는 사람은 남자 댕기고, 같이 한 배로. 즈그 둘이 한 배로 댕기는 것이 아니라 놈우 남자래도 나랑 같이 한 배로 댕겼다 그 말이여.
【그랬지라. 남자, 여자가 무레 했지라. 남자가 없는 사람은 여자가 다니고 남자가 있는 사람은 남자가 다니고, 같이 한 배로. 자기 둘이 한 배로 다니는 것이 아니라 남의 남자라도 나랑 같이 한 배로 다녔다 그 말이야.】

조 한 배에는 몇 명 타나요?

이: 다섯 명 타요. 그라고 저녁밥도 해 주네. 배 빌린께 댓마도 빌리고 큰 배도 빌리고 그렁께, 옛날에는 돛단배, 목선 빌리다가 발동배 시절에 안양호라고 발동배 시고, 잘 댓만, 저 잘잘한[42] 그런 배가 있어, 그래 갖고 미역 들러 댕겼제라. 인자 저녁밥도 해줘, 그 뱃사람 다. 반찬 해그 사람 다 밥 해 줄라고.
【다섯 명이 타요. 그리고 저녁밥도 해 주네. 배를 빌리니까 큰 배도 빌리고 그러니까 옛날에는 돛단배, 목선을 빌려다가, 발동선 시절에 안양호라고 발동선, 저 작은 그런 배가 있어. 미역을 들러 다녔지라. 이제

42 여럿이 다 가늘거나 작다는 뜻으로 '자잘하다'의 전남 방언이다.

저녁밥도 해줘. 그 뱃사람 다. 반찬을 해서 그 사람 다 밥을 해 주려고.】

조 미역 따러 몇 번이나 물에 들어가요?

이: 홍서리가 차도록 물에 들어가지라. 요만한 망으로 한나[43] 차도록, 뭐 실수 있다요, 그런 것은 안 시: 봤어요. 그란데 올라서 몸 몰리 갖고 또 빠꼬 그것만 우리는 하제, 멧 번 들어가서 홍서리 찬지는 몰라요. 【망사리가 차도록 물에 들어가지라. 요만한 망으로 가득 차도록. 뭐 셀 수 있다요. 몇 번 들어가는지 안 세어 봤어요. 그런데 올라와서 몸을 말리고 또 들어가고 그것만 우리는 하지. 몇 번 들어가서 망사리가 차는지는 몰라요.】

조 미역 끝나면 뭐 해요?

이: 소라나 우묵[44] 했어요. 맨: 무레만 했어라. 톳[45] 그런 것은 가격도 없어 갖고 한 집에 한 사람씩 나가서 톳게를 했어요. 또 우무도 한 집에 한 사람썩 나가서 매고 그 다음부터서는 아무나 매다 먹으라고 했제. 한 번썩은 해서 온 동네 사람들 다 무레 없는 사람 딴 사람 얻어 갖고 싸라고 하고 나누고 무레꾼 있는 사람은 자기 식구 와서 매다 자기 묵고 그랬는데 요즘은 누가 메리가 없어 그런가 작년에는 암것도 안 지레 갖고 우리 동생 설에 우무 사 보내라고 하는데 사도 못 하요. 우리 동생들

43 '많이'의 전남 방언이다.

44 홍조류 우뭇가사릿과의 해조로, 높이는 10~30cm이고 줄기에 잔가지가 많이 나 나뭇가지 모양이며 몸빛은 주로 검붉다. 긴 쇠갈퀴 따위로 따서 고아 우무를 만드는데 바닷속 모래나 돌에 붙어 산다.

45 갈조류 모자반과의 해조로, 몸은 섬유상의 뿌리로 지탱되며, 줄기는 원기둥 모양이다. 늦은 여름 발아하여 겨울에 자라기 시작하여 이듬해 봄이 되면 30~100cm까지 자라서 여름에 말라 죽는다. 바닷가 바윗돌에 붙어 자라는데 채취하여 잎을 식용한다.

이 어:찌게 벨라 갖고 광주도 봉께 달아서 몰린 우무를 언: 없이 재 놓고 시장에 가 보문, 목포도 재 놓고 그러드만, 서울도 재 났을 테제. 머 없으리라고, 그란데 다 같을 텐데 그 가게 것만 좋아해 갖고, 가게에서 사 보내라고 했는데 작년에 없어서 못 보냈어. 안 매서, 안 지레 갖고.
【소라나 우뭇가사리를 했어요. 내내 무레만 했어라. 톳 그런 것은 가격도 없어서 한 집에 한 사람씩 나가서 톳계를 했어요. 또 우뭇가사리도 한 집에 한 사람씩 나가서 매고 그 다음부터는 아무나 매다 먹으라고 했지. 한 번씩은 해서 온 동네 사람들이 다 무레꾼이 없는 사람은 다른 사람을 얻어서 싸라고 하고 나누고 무레꾼 있는 사람은 자기 식구가 와서 매다가 자기가 먹고 그랬는데 요즘은 누가 가치가 없어 그런가 작년에는 아무도 안 길러서 우리 동생이 설에 우뭇가사리 사 보내라고 했는데 사도 못 했어요. 우리 동생들이 어찌나 유별나서 광주도 보니까 달아서 말린 우뭇가사리를 많이 쌓아 놓고 시장에 가 보면, 목포도 쌓아 놓고 그러하더만 서울도 쌓아 놓았을 것이지. 뭐 없으리라고 그런데 다 같을 텐데 그 가게 것만 좋아해서 그 가게에서 사 보내라고 했는데 작년에 없어서 못 보냈어. 안 매서, 안 길러서.】

조 바위에서 뜯는 것도 있어요?

이: 김은 겨울에 했어요. 섣달, 섣달부터서 해 갖고 정월 이월에 끝나, 김은. 그런 거 뜯어 묵고 살았지라, 옛날에는.
【김은 겨울에 했어요. 섣달, 섣달부터 해서 정월 이월에 끝나, 김은. 그런 거 뜯어 먹고 살았지라, 옛날에는.】

조 고둥이나 거북손은?

이: 그런 것은 우리가 갯밭에 가서 있으문 잡아 묵고 없으문 말고 그랬제. 홍합 같은 것은 물속 하러 다니고.

【그런 것은 우리가 갯밭에 가서 있으면 잡아먹고 없으면 말고 그랬지. 홍합 같은 것은 물속에서 잡으러 다니고.】

조 밑에서는 작업을 하던데

이: 밑에 동네, 즈그만 해 묵응당께. 우리가 사서 묵을라문 비싸서 못 묵응당께. 우리는 사다 안 묵고.

【밑에 동네, 자기만 해 먹는다니까. 우리가 사서 먹으려면 비싸서 못 먹는다니까. 우리는 사다 안 먹고.】

조 홍합은 어디에서 가져와요?

이: 물속에서 가져와요. 그라고 물이 많이 빠지문 이런 데서도 우리가 딸 수 있어요. 그란데 물 안 빠지고 우게 다 해 불고 없으문 히: 들어가야제. 물속에 들어가서.

【물속에서 가져와요. 그리고 물이 많이 빠지면 이런 데서도 우리가 딸 수 있어요. 그런데 물이 안 빠지고 위에 있는 것을 다 따 버리고 없으면 쉬 들어가야지. 물속에 들어가서.】

조 전복도 잡았어요?

이: 전복 못 잡아 봤어, 무레는 배웠어도 전복은 안 배웁디다. 그런 거 잡을라고 신경을 안 씅께. 미역만 따고 우묵만 매고, 미역 하러 가서 문어는 잡어 봤소. 전복은 못 따 봤소.

【전복을 못 잡아 봤어, 무레는 배웠어도 전복은 안 배웁디다. 그런 거 잡으려고 신경을 안 쓰니까. 미역만 따고 우뭇가사리만 매고 미역 하러 가서 문어는 잡아 봤소. 전복은 못 따 봤소.】

조 이 물은 어디서 와요?

이: 쩌: 산 너메 새우께라고 개땅[46]에서 뽑아 올려요. 지하수 아니고 범프로 달아 올린다요, 호쑤 연결 연결해서.
【저 산 너머 새우께라고 개땅에서 뽑아 올려요. 지하수는 아니고 펌프로 퍼 올린대요. 호수로 연결 연결해서.】

조 미역은 며칠이나 말리세요?
이: 이틀 말리요, 쫌 덜 몰리요. 이틀 몰리고 갖다 주고 몰리고. 미역 바닥으로 널어 났지요. 그거 20가닥이 15만 원씩 한다요. 2개를 한 고추라고 해요. 밑에는 한 고추 팔랑가 모르겄소.
【이틀 말려요. 좀 덜 말려요. 이틀 말리고 가져다 주고 말리고. 미역은 바닥에 널어놓았지요. 그거 20가닥이 15만 원씩 한대요. 2개를 한 고추라고 해요. 밑에는 한 고추 파려나 모르겠소.】

조 바다에 풀이 많아요?
이: 바다에 풀이 많이 있기는 있어요.
【바다에 풀이 많이 있기는 있어요.】

조 먹는 풀도 있어요?
이: 맨: 못 묵는 풀이제라. 이름은 몰라요.
【온통 못 먹는 풀이지라. 이름은 몰라요.】

조 작살도 사용해요?
이: 지픈 데 들어가서 우무만 매 와도 죽게 생겼는데 어찌게 하겄소. 이 미역은 나찬[47] 데 있는데 우무는 나찬 데 다 매 불고 지픈 데 있으문 목

46 바닷물이 드나드는 땅을 말한다.

숨 보르고 들어가서 이만썩[48] 매 갖고 올라고 쑴 끊어지도록 들어갔제.
【깊은 데에 들어가서 우뭇가사리만 매 와도 죽게 생겼는데 어찌 하겠소. 이 미역은 얕은 데에 있는데 우뭇가사리는 얕은 데 다 매 버리고 깊은 데에 있으면 목숨 버리고 들어가서 이만큼 매서 올라오고 숨이 끊어지도록 들어갔지.】

조 보리밭 거름은 뭐로 줬어요?

이: 비로 없을 때는 벤소[49]로 했어요. 보리 뽈때 있죠, 그 뽈때를 여다가 재 놓고 벤소를 허쳐서[50] 썩카고 허치고 벤소로 했지라. 밭에로. 비로 남스로 벤소를 안 했제. 그래 갖고 보리밭 없어짐스로 벤소도 없으고 그랬제. 다 없애고 개량시키고.
【비료가 없을 때는 대소변으로 했어요. 보리 줄기 있죠, 그 줄기를 여기에다 재 놓고 대소변을 뿌려서 썩히고 뿌리고 대소변으로 했지라. 밭에. 비료가 나면서 대소변으로 안 했지. 그리고 보리밭 없어지면서 대소변도 없어지고 그랬지. 다 없애고 개량시키고】

조 보리 끝나고 뭐 심어요?

이: 고구마 심았지요.
【고구마를 심었지요.】

조 고구마 끝나고는?

이: 없어. 보리하고 고구마백에 안 했어요. 딴 거 할 것이 없었제.

---

47 '낮다'의 전남 방언이다.
48 '이만큼'의 전남 방언이다.
49 '변소'의 방언으로 여기에서는 '대소변'을 의미하는 것 같다.
50 '뿌리다'의 전남 방언이다.

【없어. 보리하고 고구마밖에 안 했어요. 다른 것은 할 것이 없었지.】

조 밭에 물은 어떻게 주나요?

이: 하늘에서 비가 내라서 땅이 치:지문 했지라. 그랑께 작년에 비 안 와 갖고 고구마를 못 심었잖아요. 산밭에도 못 심았고 이렇게 돼 버렸드라. 나는 아픙께 이도 저도 안 했지만은. 물은 전혀 안 줘요. 한나 둘 심근 것도 아니고 옛날에는 밧이 크나 적으나 맨날 메칠썩 심았는데. 인자는 쪼끔씩 뜯어 먹고 그랑께 산밭에도 심겄지만은. 그전에는 안 했잖아요. 식량이라 방에다가 가거도 말로 이런 박대 둘루고 가루로 만들었잖아요. 그래 갖고 간벵 맨날 맨날 캐서 그 어디를 갈라고, 우리 엄마 간벵 캐다 여남은 골벵 들었소. 올케가 시언찮어 갖고 못 항께 엄마 혼자 항께 받들어 줄라고. 지금 생각하문 카만히 나둘 텐데.

【하늘에서 비가 내려서 땅에 뿌려지면 했지라. 그러니까 작년에 비가 안 와서 고구마를 못 심었잖아요. 산밭에도 못 심었고 이렇게 돼 버렸더라. 나는 아프니까 이것도 저것도 안 했지만. 물은 전혀 안 줘요. 하나둘 심는 것도 아니고 옛날에는 밭이 크나 적으나 매일 며칠씩 심었는데. 이제는 조금씩 뜯어 먹고 그러니까 산밭에도 심겠지만. 그전에는 안 했잖아요. 식량이라 방에다가 가거도 말로 이런 박대로 두르고 가루로 만들었잖아요. 그래서 간병을 매일 캐서 그 어디를 가려고, 우리 엄마는 간병을 캐다 여러 번 골병이 들었소. 올케가 건강하지 못해서 못 하니까 엄마가 혼자 하니까 받들어 주려고. 지금 생각하면 가만히 놓아둘 텐데.】

조 김은 어떻게 매요?

이: 전북 껍딱[51]. 그것으로 막 긁었제라, 김을. 전북 껍딱이 제일 좋아요. 그라고 뒤로 양철통 밀굽[52]이라고 생겨서 그놈 오글싸서 빵빵 감어 갖

고, 그래도 껍딱만 못 합디다. 닯아지문 버리고.
【전복 껍질. 그것으로 막 긁었지라, 김을. 전복 껍질이 제일 좋아요. 그리고 뒤로 양철통 밑굽이라고 생겨서 그것 오그려서 빵빵 감아서 긁었어. 그래도 전복 껍질만 못 합디다. 닳아지면 버리고.】

조 제주도에서 쓰는 말과 다르죠!
이: 밀감 따러 나도 제주도에 갔어요. 구덩이[53] 갖고 오랑께 여기 구덩이가 없는데 멋을 갖고라고 한데, 바구리가 있습디다. 이거 갖고라고 그랍디다, 얼마나 웃었던가. 그라고 우리 동네는 쫌 젊은 사람 보고는 형제간 아닌 사람을 아짐이라고 그란다요. 아! 그런데 내가 걸어 강께는 삼춘, 삼춘 그래. 나보고 안 그란다냐, 자꾸 걸어가도 계속 불러 뒤돌아봉께 나보고 오라는 소리라고, 그랑께 또 웃으와, 그란데 삼춘이라고 그러더라구요. 여기는 남자들보고 삼춘이라고 안 하요. 누가 나보고 삼춘이라고 하는지 알았어야지.
【밀감을 따러 나도 제주도에 갔어요. 구덩이를 가지고 오라고 하니까 여기 구덩이가 없는데 뭣을 가지고 오라고 하는데 바구니가 있습디다. 이거 가지고 오라고 그럽디다. 얼마나 웃었던지. 그리고 우리 동네는 좀 젊은 사람을 보고는 형제간이 아닌 사람을 아짐이라고 그런대요. 아! 그런데 내가 걸어가니까 삼촌, 삼촌 그래. 나보고 안 그런다느냐, 자꾸 걸어가도 계속 불러 뒤돌아보니까 나보고 오라는 소리라고, 그러니까 또 웃겨. 그런데 삼촌이라고 그러더라고요. 여기는 남자들보고 삼촌이라고 안 합디까. 누가 나보고 삼촌이라고 하는지 알았어야지.】

---

51 '껍풍개'라고도 한다.
52 물건의 밑의 굽도리를 말한다.
53 '바구니'의 제주도 방언 중 '구덕'이 있는데 이를 '구덩이'라고 말하는 것 같다.

조 물질 잘하는 해녀를 뭐라고 불러요?

이: 솜씨쟁이, 가거도에서는 솜씨가 좋다고 솜씨쟁이라고 불렀제.
【솜씨장이, 가거도에서는 솜씨가 좋다고 솜씨장이라고 불렀지.】

조 못 하는 사람은?

이: 부르는 말은 없어요. 잘한 사람은 머구리[54]라고 했어. 무레 잘한 사람을 머구리라고 했어. 옛날에 채옥선이라고 뭐 쓰고 그란 사람을 머구리라고 했어. 잘한 사람을 머구리라고 그랬제.
【부르는 말은 없어요. 잘한 사람은 머구리라고 했어. 무레 잘한 사람을 머구리라고 했어. 옛날에 채옥선이라고 뭐 쓰고 그런 사람을 머구리라고 했어. 잘한 사람을 머구리라고 그랬지.】

조 가거도 바다에 뭐가 많아요?

이: 여기는 수심이 깊어 갖고 뻘은 전혀 없지요. 우럭[55]하고 불볼락[56]이 많이 나고. 옛날 목선 시절에는 갈치 같은 것도 많이 났는데 지금은 갈치 없어요. 우리도 다녔어요. 배는 멜[57] 잡으러 가고 우리 적은 거, 미역 뜨는 댓마루, 동네 종씨들이 고기잡은 취미가 있단 말이요. 어려서부터서, 그래 한아버지 깔치 낚을 거 만들어 주문 한번 가 본당께 만들어 줍디다, 그래서 갔어. 가서 내가 제일 몬저 2마리 낚었어. 그래 갖고

---

54 '잠수부'의 방언이다. 보통 흑산도에서 물질을 잘하는 해녀를 '상잠수'라고 부른다.

55 볼락과 비슷하나 몸의 길이는 20cm 정도이며, 잿빛을 띤 붉은색이고 옆구리에 네 줄의 부정형의 가로띠가 있다. 두 눈 사이는 깊이 패었고 가슴지느러미 밑부분은 검다. 연안 얕은 바다의 암초 사이에 산다.

56 양볼락과의 바닷물고기로 몸의 길이는 30cm 정도이며, 짙은 붉은색이고 눈은 누런 금빛이다. '불볼락'의 '불'은 15세기 '븕다'에서 왔으며 원순모음화가 일어나 '붉다'가 되었고 '붉-'에서 'ㄱ'이 탈락한 것이다.

57 '멸치'의 전남 방언이다. '멜치'라고도 하며 줄여서 '멜'이라고도 말한다.

이깝[58] 얻으러 온다고 멜 잡으러 와서 놈 부끄럽다고 나는 뭐 겉에 덮어쓰고 숨어 있는데, 어디 아퍼서 낚었던가 못 낚었던가 메 풀라고 나는 와 불었는데, 그 디로 또 한 분썩 낚었는데 우리 배가 멜 잡으러 가서 멜 안 붙는다고 지천[59] 듣고 다시는 안 가 불었어. 그런데 온 동네 처녀들이 다들 안 했어. 배 안 빌리고 그런 사람들은, 나만 갤쳐만 놓고 메 풀랑께, 우리 배가 멜 잡아 올라문 내가 있으문 다 안 돼. 고기 잡으러 다시는 안 갔어.
【여기는 수심이 깊어서 개펄은 전혀 없지요. 우럭하고 불볼락이 많이 나고. 옛날 목선 시절에는 갈치 같은 것도 많이 났는데 지금은 갈치가 없어요. 우리도 다녔어요. 배는 멸치를 잡으러 가고 우리는 작은 거, 미역을 뜨는 댓마루. 동네 종씨들이 고기를 잡는 취미가 있단 말이요. 어려서부터. 그래서 할아버지가 갈치 낚을 것을 만들어 주면 한번 가 본다니까 만들어 줍디다. 그래서 갔어. 가서 내가 제일 먼저 2마리를 낚았어. 그래서 미끼 얻으러 온다고 멸치를 잡으러 와서 남이 부끄럽다고 나는 뭐 겉에 덮어쓰고 숨어 있는데, 어디 아퍼서 낚았던가 못 낚았던가 멸치를 푸려고 나는 와 버렸는데 그 뒤로 또 한 번씩 낚았는데 우리 배가 멸치를 잡으러 가서 멸치가 안 잡힌다고 꾸중 듣고 다시는 안 가버렸어요. 그런데 온 동네 처녀들이 다들 낚시를 안 했어. 배 안 빌리고 그런 사람들은. 나만 가르쳐 놓고 멸치를 푸니까, 우리 배가 멸치를 잡아 오려면 내가 있으면 다 안 돼. 그래서 고기를 잡으러 다시는 안 갔어.】

조 깊은 바다를 부르는 말이 있어요?

58 '미끼'의 전남 방언이다.
59 '지청구'의 전남 방언으로 비슷한 말로 '꾸중, 꾸지람'이 있다.

이: 없어요. 물결이 잔잔하면 잔잔하고 파도 치문 파도 친다 그라제. 태풍 올 때 있고. 잔잔한 바다를 조용하다라고 하제.
【없어요. 물결이 잔잔하면 잔잔하고 파도가 치면 파도가 친다 그러지. 태풍이 올 때가 있고. 잔잔한 바다를 조용하다라고 하지.】

조 해삼은 뭐라고 해요?
이: 해삼이라고 해요. 이 시커먼 거 검탱이라고 했어. 지금은 우럭이라고 하고. 그건 도시 사람들이 만들어 냈어. 빨간 거 보고는 불볼락이라 하고.
【해삼이라고 해요. 이 시커먼 것을 검탱이라고 했어. 지금은 우럭이라고 하고. 그건 도시 사람들이 만들어 냈어. 빨간 것을 보고는 불볼락이라 하고.】

조 먼바다까지 가서 무레 했어요?
이: 안 했지라. 이 섬 둘레만, 그라구 2구 따로, 3구 따로. 다 따로따로 했어요.
【안 했지라. 이 섬 둘레만, 그리고 2구 따로, 3구 따로. 다 따로따로 했어요.】

조 무레 하는 바다를 바꿔 가면서 했다면서요?
이: 옛날에 이쪽은 서쪽, 저쪽은 동쪽인데, 올해는 동쪽이 요쪽 해 묵으문 내년에는 동쪽이 저쪽 해 묵고, 바까서 했어요.
【옛날에 이쪽은 서쪽, 저쪽은 동쪽인데, 올해는 동쪽이 이쪽을 하면 내년에는 동쪽이 저쪽을 하고 바꿔서 했어요.】

조 왜 바꿔서 해요?

이: 한 해는 이쪽이 잘 지내 있고 저쪽이 잘 지내 있고 그라고 한 쪽이 더 크다든가 적다든가 그랑께 한 해썩 바까치기 했지라.
【한 해는 이쪽이 잘 되고 저쪽이 잘 되고 그리고 한 쪽이 더 크다든가 적다든가 그러니까 한 해씩 바꿔서 했지라.】

조 물때는 어떻게 말해요?
이: 물이 이렇게 빠지문 물 썬다라고 하고 인자 다 드문 들었다고 앙찬받이라고 하고
【물이 이렇게 빠지면 물이 썬다라고 하고 이제 다 들면 들었다고 왕찬받이라고 하고.】

조 한물, 두물이라고 안 하나요?
이: 그런 거 말 한답디다, 달력에 적어져 있응께 한물, 두물인지 알제 여가거도 사람은 한물, 두물 그른 말 안 해요.
【그런 말을 한답디다. 달력에 적어 있으니까 한물, 두물인지 알지 여기 가거도 사람은 한물, 두물 그런 말 안 해요.】

조 아침에 무레 하는 것을 뭐라고 해요?
이: 조금[60], 사리[61] 그것은 있제[62]. 초야드레가 조금이고 스무 사리 조금이고 한 달에 두 번 조금, 그라고 사리. 달력 보문 무수[63]도 있드만. 우리는 배도 없고 경번도 안 댕기는디, 무수네, 오늘이 몇 물이네 할 필요

---

60 조수(潮水)가 가장 낮은 때를 이르는 말로 대개 매월 음력 7, 8일과 22, 23일에 있다.
61 음력 보름과 그믐 무렵에 밀물이 가장 높은 때를 말한다.
62 작업 물때는 조금부터 시작해서 무수, 한물, 두물, 세물까지 작업을 한다.
63 조금 다음 날인 음력 8, 9일과 23, 24일로 조수가 조금 붇기 시작하는 물때이다.

도 없잖아요.

【조금, 사리 그것은 있지. 초여드레가 조금이고 스무 사리가 조금이고 한 달에 두 번이 조금, 그리고 사리. 달력을 보면 무수도 있더만. 우리는 배도 없고 경번도 안 다니는데 무수네, 오늘이 몇 물이네 할 필요도 없잖아요.】

조 아침, 점심, 저녁에 무레 하나요?

이: 우리 처녀 때 무레 댕길 때는 아침 물도 하고 저녁 물도 하고 그랬어요. 아침하고 오후만 무레를 해요. 밤에는 안 해요. 밤에는 물속을 알 수 없지라. 불 안 키 준다문. 낮에도 무선데 어서 밤에 무레 하겄소. 물속은 기푼 데만 가도 무선데 나는 산은 혼자 가도 물은 혼자 못 가요. 물이 무사 갖고. 산은 벨반 데도 갈 수 있는데 물은 못 가요, 무사서.

【우리 처녀 때는 무레 다닐 때는 아침 물도 하고 저녁 물도 하고 그랬어요. 아침하고 오후만 무레를 해요. 밤에는 안 해요. 밤에는 물속을 알 수 없지라. 불을 안 켜준다면. 낮에도 무서운데 어디서 밤에 무레 하겠소. 물속은 깊은 데만 가도 무서운데, 나는 산은 혼자 가도 물은 혼자 못 가요. 물이 무서워서. 산은 별반 데도 갈 수 있는데 물은 못 가요, 무서워서.】

조 미역 말리는 곳을 뭐라고 해요?

이: 옛날에는 없었는데 지금은 건조장을 만들었지요.

【옛날에는 없었는데 지금은 건조장을 만들었지요.】

조 물에 들어갔다고 나와서 숨 쉬는 것을 뭐라고 해요?

이: '휘께소리'라고 해요. 요새 사람들은 어서 할라고 휘께소리 할 시간이 없겄소. 언제 하냐문 깊이, 물속을 들어가문, 나찬 데 들어갔다 나오문

안 하고 멧 줄썩 뽑아 들어가서, 들어갔다 휘께소리를 해 버레야 풀어져. '휴' 하고 나옵디다. 늙어서 안 나오고 틀니 했어도 말도 못 나오고 그란디라.

【'휘께소리'라고 해요. 요즘 사람들은 빨리 하려고 휘께소리를 할 시간이 있겠소. 언제 하냐면 깊이, 물속을 들어가면, 낮은 데 들어갔다 나오면 안 하고 몇 줄씩 뽑아 들어가서 들어갔다 휘께소리를 해 버려야 풀어져. '휴' 하고 나옵디다. 늙어서 안 나오고 틀니를 했어도 말도 못 나오고 그런 것이다.】

조 무레 할 때 쓰는 모자를 뭐라고 해요?

이: 우리 때는 모자 안 쓰고 수건을 맸어요. 수건 매고 그 위로 수겡 쓰고. 이 수건을 맸어요. 머리 못 팔랑거리게. 이 우게로 수겡을 쓰문 머리가 안 내려오제라. 잠수복 입은 사람들이 모자 쓰제.

【우리 때는 모자를 안 쓰고 수건을 맸어요. 수건을 매고 그 위에 수경을 쓰고. 이 수건을 맸어요. 머리가 못 팔랑거리게. 이 위에 수경을 쓰면 머리가 안 내려오지라. 잠수복 입은 사람들이 모자 쓰지.】

조 고무옷도 입었어요?

이: 우리는 고런 것 안 했지라. 나잠[64]이랑께. 그런 것 전혀 없당께. 나잠은 봉돌 그런 것 없고 그냥 옷 입고 고무옷을 입어야제, 허리에 차제. 물속에 들어갈라고, 쎄로 만들어서. 이런 옷은 아무것도 안 하고 수겡만 쓰고 들어갔제. 고무옷을 입어야 허리에다 차고 들어가제.

【우리는 그런 것은 안 했지라. 나잠이라니까. 그런 것은 전혀 없다니

64 해녀들이 특별한 산소 호흡 장치 없이 바다에 잠수하여 해산물을 캐내는 것을 말한다.

까. 나잠은 봉돌 그런 것이 없고 그냥 옷을 입고 고무옷을 입어야지, 허리에 차지. 물속에 들어가려고. 쇠로 만들어서. 이런 옷은 아무것도 안 하고 수경만 쓰고 들어갔지. 고무옷을 입고 허리에다 차고 들어가지.】

조 수경은 어떤 거 썼어요?

이: 우리 처녀 때는 째깐한 거 썼어. 째끄만한 거 쓰다가 뒤로 큰 수경이 나아 갖고 큰 수경 썼제. 그때는 째끄만한 거 썼제. 적은 수경, 큰 수경 그랬제.

【우리 처녀 때는 조그마한 것을 썼어. 조그마한 것을 쓰다가 뒤로 큰 수경이 나와서 큰 수경을 썼지. 그때는 조그마한 것을 썼지. 작은 수경, 큰 수경 그랬지.】

조 무레 갈 때 가지고 가는 것 있나요?

이: 두룸박하고 저 나다고 헝서리라고 미역 담는 헝서리라고 두룸박에다 딱 채 갖고. 그라고 댕겠지라. 두룸박은 우리가 탄 거. 옛날에는 박이로, 박을 쪼끔 구녁 뚤러서 속 딱 빼 불고 말리 갖고 그놈 얽어서 헝서리 달고 그렇게 댕겼소. 그 뒤로 막 양철로도 만들어서 나오고 그랬는데 지금은 거섯, 거섯이 나 갖고, 거섯으로 만들어서 나왔어.

【테왁하고 저 낫하고 망사리라고 미역 담는 망사리라고 테왁에다 딱 채워서. 그러고 다녔지라. 테왁은 우리가 타는 거야. 옛날에는 박으로, 박에 조그마한 구멍을 뚫어서 속을 모두 빼 버리고 말려서 그것을 얽어서 망사리를 달고 그렇게 다녔소. 그 뒤로 막 양철로도 만들어서 나오고 그랬는데 지금은 거섯, 거섯이 나와서 거섯으로 만들어서 나왔어.】

조 거섯이 뭐예요?

이: 거섯은 지방 이런 데 붙였잖아요. 색깔이 틀린 게 그라제, 하얀 거. 이

것을 두름박 만들어 갖고 거에다가 기물 걸어 써 갖고, 기양 묶어 갖고 헝서리 달아서 그렇게 댕겼지라. 옛날에는 먹는 풀로 헝서리, 지금 같이 쎄나 이런 거 많이 있었소, 산에 가서 먹녀 풀, 해 다가 뚜뚤어 갖고 그 껍딱 싹 베끼고 요렇게 오글써서 빵빵 말려 노문 여기다 기물 달아서 헝서리를 만들었어요. 기래 갖고 댕겼어요.
【거섯은 지방 이런 데에 붙었잖아요. 색깔이 다른 게 그러지, 하얀 거. 이것을 테왁으로 만들어서 그것에다가 그물을 걸어서 그냥 묶어서 망사리 달아서 그렇게 다녔지라. 옛날에는 먹는 풀로 망사리, 지금 같이 풀이나 이런 거 많이 있었소. 산에 가서 먹녀 풀을 해서 뚜드려서 그 껍질을 싹 베끼고 요렇게 오그려서 빵빵 말려 놓으면 여기다 그물을 달아서 망사리를 만들었어요. 그렇게 다녔어요.】

조 갈퀴를 가지고 가나요?
이: 낫만 갖고 가제라.
【낫만 가지고 가지라.】

조 돌멩이를 가지고 가나요?
이: 우리 할 때는 공독이라고, 공독에다가 불을 나서, 나무 한 다발썩 이고, 충께 두름박 들고 가서 배이다가 불 해 놓고 물에 빠져 미역 한 홍서리 해 갖고 충께, 불 쬐고 그랬지라. 충께 달달 떨고 불 쬐고 그랬지라.
【우리 할 때는 공독이라고, 공독에다가 불을 내고 나무 한 다발씩 이고, 추우니까 테왁 들고 가서 배에다가 불을 피워 놓고 물에 들어가 미역을 한 망사리 해서 추우니까 불을 쬐고 그랬지라. 추우니까 달달 떨고 불을 쬐고 그랬지라.】

조 우무는 어떻게 해요?

이: 그것은 장갑만 찌고 맨손으로 해요. 짧웅께.
【그것은 장갑만 끼고 맨손으로 해요. 짧으니까.】

조 성게도 잡아요?

이: 이 동네 사람들이 잡은 게 아니라 딴 동네 사람들이 와 갖고 그걸 사 갖고 원 없이 잡어서 알만 파 냅디다. 그 작업 하러 댕겠어요. 그런데 그 때하고는 전혀 성게 잡은다는 말도 없고.
【이 동네 사람들이 잡는 게 아니라 다른 동네 사람들이 와서 그걸 사서 원 없이 잡아서 알만 파 냅디다. 그 작업을 하러 다녔어요. 그런데 그때 하고는 전혀 성게 잡는다는 말도 없고.】

조 해삼도 해요? 언제 잡아요?

이: 해삼은 하지라. 해삼은 해마다 하지라. 3월달부터서 해 갖고 5월달까지 해요. 소라 산 사람이 제주서 해녀 데려다가, 그랄 때는 해삼 작업만 해요. 그래 갖고 사는 사람이 따로 또 있어. 여그서 쌂아서 작업해 갖고 가져 가.
【해삼은 하지라. 해삼은 해마다 하지라. 3월부터 해서 5월까지 해요. 소라를 사는 사람이 제주에서 해녀를 데려다가, 그럴 때는 해삼 작업만 해요. 그래서 사는 사람이 따로 또 있어. 여기서 삶아서 작업해서 가져 가.】

조 소라밭은 누가 사요?

이: 가거도 사람도 사고 외도 사람도 사고, 어촌계장하고 외도 사람이 샀는데 자기는 어촌계장은 빠져 불고 외도 사람한테 밀어줬다고 그럽디다.
【가거도 사람도 사고 외지 사람도 사고, 어촌계장하고 외지 사람이 샀는데 자기는, 어촌계장은 빠져 버리고 외지 사람한테 밀어줬다고 그럽

디다.】

조 게도 잡아요?

이: 기물로 때때로 쳐서 잡아다가 꽃게 아니고 뭐 물렁물렁 해 갖고 살도 없고 푸석푸석한 그런 게 잡아 갖고 여다 판다 말이요. 목포로 박스 해 보내 붕께 우리는 한나 사 먹지도 못 해요. 보도 못 해요.
【그물로 때때로 쳐서 잡아다가 꽃게 아니고 뭐 물렁물렁 해서 살도 없고 푸석푸석한 그런 게를 잡아서 여기에다 판단 말이요. 목포로 박스를 해 보내니까 우리는 하나도 사 먹지도 못 해요. 보지도 못 해요.】

조 갈치도 있어요?

이: 조긋배, 조기철이, 조구 잡으문 요만썩 한 거 잡아 논 거 있습디다. 조긋배가. 그 이상은 깔치 못 봐요.
【조깃배, 조기철이, 조기를 잡으면 갈치를 요만큼 한 것을 잡아 놓은 거 있습디다. 조깃배가. 그 이상은 갈치를 못 봐요.】

조 조기도 잡나요?

이: 잡은데 우리가 늙어 불어서 째끔썩 잡은께 따로 오란 말도 안 하고 가도 안 하고. 우리는 몰라요. 그런데 조구철에 보문 잔 거 조긋배에서 쪼끔썩 띠:다[65] 반찬 했어.
【잡는데 우리가 늙어버려서 조금씩 잡으니까 따로 오라는 말도 안 하고 가지도 안 하고. 우리는 몰라요. 그런데 조기철에 보면 작은 것은 조깃배에서 조금씩 떼다가 반찬을 했어.】

---

65 '떼다'의 전남 방언으로 전체에서 한 부분을 덜어낸다는 뜻이다.

조 바닷물이 어떨 때 무레 해요?

이: 물이 써야 하제. 물 썰 때, 드문 들어오고, 배 타고 물이 빠지문 물이 써야 쫌 나차징께 인자 물이 빠지문 나가 갖고 배 타고. 그라고 파도 치문 하도 못 하고 쪼끔 쫄랑거리문 못 해요, 물이. 아주 조용한 바다 여야지. 이 섬 둘레만 나가요. 밖에는 없고 이 섬에만 있어요. 섬에만 미역도 붙으고 소라도 붙으고 우무도 붙으지. 바닥에는 없어.

【물이 빠져야 하지. 물이 빠질 때. 물이 들면 들어오고, 배를 타고 물이 빠지면 물이 빠져야 좀 낮아지니까 이제 물이 빠지면 나가서 배를 타고. 그리고 파도가 치면 하지도 못 하고 조금 출렁거리면 못 해요, 물이. 아주 조용한 바다여야지. 이 섬 둘레만 나가요. 밖에는 없고 이 섬에만 있어요. 섬에만 미역도 붙고 소라도 붙고 우뭇가사리도 붙지. 바닥에는 없어.】

# 제2장

# 비리 해녀의 삶과 언어

## 비리 해녀의 삶과 언어

조 몇 살 때부터 물질하셨어요?

이: 잠질[1]이요? 잠질은 15살 때부터 했어요. 우리 마을은 저기 심리[2] 바로 앞에 암동이라고 있어. 째끔한 마을. 거기서 처녀 때 했제. 처녀 때 하다가 결혼해 갖고 와서 여기서도 계속했어요.
【잠질이요? 잠질은 15살 때부터 했어요. 우리 마을은 저기 심리 바로 앞에 암동이라고 있어. 조그마한 마을. 거기서 처녀 때 했지. 처녀 때 하다가 결혼해 와서 여기서도 계속했어요.】

조 교육도 받았어요?

이: 그런 것은 없어요. 제주도서는 그런 것 있고 그란데 여기는 그런 거 없어. 그라고 나 각시 때 시집오니까 MBC 방송국에서 촬영하러 여기 왔더라고. 백남봉 씨 살아 있을 때 한 번 왔었고 그 전에 왔었어요.
【그런 것은 없어요. 제주도에서는 그런 것이 있고 그런데 여기는 그런 것이 없어. 그리고 나 각시 때 시집오니까 MBC 방송국에서 촬영하러 여기 왔더라고. 백남봉 씨가 살아 있을 때 한 번 왔었고 그 전에도 왔었어요.】

조 물질 잘하는 해녀를 뭐라고 불러요?

이: 잘하는 사람을 해녀 대장, 못하는 사람을 하빠리[3]. 옛날에는 내가 대장

---

1 해녀가 물속에 들어가 해산물을 채취하는 일을 '잠질'이라고도 한다.
2 흑산면 관내 중에서 흑산도 비리와 심리 두 지역에서 해녀들이 활동하고 있다.
3 품위나 지위가 낮은 사람을 낮잡아 이르는 말로 '톰방잠질'이라고 부르기도 한다.

이여, 인자는 나이 묵응께 여가 대장이여. 젊은 사람이 대장이여. 대장하고 하빠리, 중간은 보통 해녀라고 해.

【물질 잘하는 사람을 해녀 대장, 못하는 사람을 하빠리라고 해. 옛날에는 내가 대장이야, 이제는 나이를 먹으니까 여기가 대장이여. 젊은 사람이 대장이야. 대장하고 하빠리, 중간은 보통 해녀라고 해.】

조 해녀를 부르는 말이 있어요?

이: 해녀라는 말이 나중에 나왔지. '잠수꾼'이라고 해. 대장 잠수꾼, 하빠리는 못 잡은다고 해서 하빠리.

【해녀라는 말이 나중에 나왔지. '잠수꾼'이라고 해. 대장 잠수꾼, 하빠리는 못 잡는다고 해서 '하빠리'라고 해.】

조 앞바다는 어때요?

이: 뻘도 있고 자갈도 있고 더 바깥에는 뻘, 그 다음은 자갈, 그 다음은 바우 머들[4], 큰 머들. 그 속에 숨었다 나오고 전복, 해삼 그런 것이 숨었다가, 해삼들은 잔잔한 데로 올르고 전복은 돌로.

【개펄도 있고 자갈도 있고 더 바깥에는 개펄, 그 다음은 자갈, 그 다음은 바위 머들, 큰 머들이 있어. 그 속에 숨었다가 나오고 전복, 해삼 그런 것이 숨었다가, 해삼들은 잔잔한 데로 나오고 전복은 돌로 나오고.】

조 진흙 바다는 뭐라고 해요?

이: 진흑 있는 데는 뻘 바다, 모래 있는 데는 모래 바다, 자갈은 자갈밧이라고 하고. 그라고 바우라고도 하고. 옛날에는 바우라고 했어. 전복 사

4 '돌무더기'의 방언으로, 바위가 모여 쌓여 무더기를 뜻한다. 제주 지역에서는 '믁들'로도 적는다.

는 데는 바우.

【진흙이 있는 데는 개펄 바다, 모래가 있는 데는 모래 바다, 자갈은 자갈밭이라고 하고. 그리고 바위라고도 하고. 옛날에는 바위라고 했어. 전복이 사는 데는 바위야.】

조 바다 깊이에 따라 부르는 말이 있어요?

이: 야찬[5] 바다, 지푼 바다라고 하제. 지페 항께 많이 잡았다 그래. 지프게 끼께 많이 잡았다 그래. 우리 말로.

【얕은 바다, 깊은 바다라고 하지. 깊은 데에서 하니까 많이 잡았다고 그래. 깊게 들어가니까 많이 잡았다고 그래. 우리 말로.】

조 잔잔한 바다를 뭐라고 해요?

이: 조금 있고 사리 때 있고 그라거든. 조금에는 물이 안 강께 물이 잔잔하고 사리 때는 물이 씽께 물빨[6]이 쎄:다 그래. 조금 때 물질을 나가제. 사리 때는 못 가. 물이 씨어서.

【조금이 있고 사리 때가 있고 그러거든. 조금에는 물이 안 가니까 물이 잔잔하고 사리 때는 물의 흐름이 세니까 물발이 세다고 그래. 조금 때는 물질을 나가지. 사리 때는 못 가. 물이 세서.】

조 해삼도 있어요?

이: 그라제라. 성게, 톳, 미역도 있고 성게는 지금이 성게라고 그라제 옛날에는 '구살'이라고 했어. 밤송이 같이 상상해 갖고 '구살'이라고 했어. 톳은 인자 7월달에 비:어. 미역도 7월달에 비:어. 채취하는 시기가 있

5 '얕다'의 전남 방언이다.
6 물이 흐르는 기세를 뜻한다.

어. 그라고 다스마는 9월. 쪼끔 약[7]이 차야 단맛이 낭께, 우묵가사리는 6월달.

【그러지라. 성게, 톳, 미역도 있고 성게는 지금은 성게라고 그러지 옛날에는 '구살'이라고 했어. 밤송이 같다고 생각해서 '구살'이라고 했어. 톳은 이제 7월에 베어. 미역도 7월에 베어. 채취하는 시기가 있어. 그리고 다시마는 9월에. 조금 약이 차야 단맛이 나니까. 우뭇가사리는 6월에 해.】

조 거리에 따라 바다를 어떻게 불러요?

이: 그냥 먼 바다, 가까운 바다라고 해요.

【그냥 먼 바다, 가까운 바다라고 해요.】

조 한물, 두물도 쓰나요?

이: 그라제. 한물[8], 두물[9], 서물[10], 너물[11]까지 작업을 할 수 있어.[12] 그란데 그 외로 넘어지문 사리 때라 물빨이 쎄서 못 해. 다섯물부터 사리여. 무숫날부터 무수[13]가 잔잔해. 열물이 넘어지면 첫 깨끼, 마지막 깨끼 그라고 첫 조금, 마지막 조금, 무수, 한물, 두물, 그렇게 시어. 무숫날부

7 어떤 식물이 성숙해서 지니게 되는 성분을 뜻한다.

8 미세기에서 육지 쪽으로 바닷물이 한 번 들어왔다가 나가는 동안 또는 그동안의 바닷물로 음력 9, 10일과 24, 25일에 해당한다.

9 음력 11일, 25일의 썰물과 밀물을 말한다.

10 음력 11일, 12일과 26일, 27일의 썰물과 밀물을 말한다.

11 밀물과 썰물의 차이를 볼 때에, 열사흘과 스무여드레를 이르는 말이다.

12 이 물때란 예부터 어민들에 의해 편의상 구전돼 온 것으로 지역에 따라 물때 명칭이 달리 나타난다. 전남 녹동 지역부터 여수를 거쳐 남해동부 지역에서는 조금 다음날부터 곧장 한물로 시작하고, 서해 전역과 남해서부 장흥 지역까지는 조금 다음날에 무시를 끼워 넣은 것으로 나타난다.

13 조금 다음 날인 음력 8, 9일과 23, 24일로 조수가 조금 붇기 시작하는 물때를 말한다. 규범 표기는 '모쉬'이다.

터 너:무셋날[14]까지는 조금이요.

【그러지. 한물, 두물, 서물, 너물까지 작업을 할 수 있어. 그런데 그 이후로 지나면 사리 때라 물발이 세서 못 해. 다섯물부터 사리여. 무쉬날부터 무쉬가 물발이 잔잔해. 열물이 지나면 첫 깨끼, 마지막 깨끼 그리고 첫 조금, 마지막 조금, 무쉬, 한물, 두물, 그렇게 세어. 무쉿날부터 너:무셋날까지는 조금이요.】

조 시간에 따라 물질 부르는 말이 있어요?

이: 조금에 물때 따라서 가. 따른 말은 없고. 조금에 잠질 간다. '잠질 하러 가자' 그래. 오후에 갈 때도 '작업 가저' 그래. 옛날에는 '무질 간다' 그랬거든. 요즘은 '작업 가자' 그래. 배 타고 댕기는 사람한테는 사공이라고 해.

【조금에 물때에 따라서 가. 다른 말은 없고. 조금에 잠질 간다. 잠질 하러 가자고 그래. 오후에 갈 때도 작업 가자고 그래. 옛날에는 무질 간다고 그랬거든. 요즘은 작업 가자고 그래. 배를 타고 다니는 사람한테는 사공이라고 해.】

조 미역 말리는 공간이 있나요?

이: 틀이 있어. 미역 틀이 있어. 틀에 한나한나 피어서. 한 가닥 두 가닥 그라고 두 가닥이면 한 고치여. 스무 가닥이 돼야 한 뭇[15]이요.

【틀이 있어. 미역 틀이 있어. 틀에 하나씩 피어서 말려. 한 가닥 두 가닥 그리고 두 가닥이면 한 고치야. 스무 가닥이 돼야 한 뭇이에요.】

---

14 밀물과 썰물의 차이를 볼 때에, 열사흘과 스무여드레를 이르는 말로 '너무날'의 전남 방언이다.

15 미역을 묶어 세는 단위로 한 뭇은 미역 열 장을 이른다.

조 몰래 물질하러 가도 되나요?

이: 못 가. 옛날에는 몰래 가서 개인이 해 묵고 그랬어도 인제는 절대 못 가. 공동으로 해. 어촌계에서 방송을 해. 방송에서 작업 간다고 방송을 해. 몇 시까지 선착장으로 나오라고 해.

【못 가. 옛날에는 몰래 가서 개인이 물질하고 그랬는데 이제는 절대 못 가. 공동으로 해. 어촌계에서 방송을 해. 방송에서 작업 간다고 방송을 해. 몇 시까지 선착장으로 나오라고 해.】

조 몇 명이 타고 가나요?

이: 옛날에는 스무 명이었는데 다 나이 묵어 갖고 못 댕기고 나가 버리고 있는 사람 다섯 사람밖에 없어. 현재는 다섯 사람만 있어.

【옛날에는 스무 명이었는데 다 나이를 먹어서 못 다니고 나가 버리고 현재 있는 사람은 다섯 사람밖에 없어. 현재는 다섯 사람만 있어.】

조 심리에도 해녀가 있어요?

이: 심리는 없응께 제주 해녀가 들어와. 작업을 해서 전북 100만어치 잡으문 자기가 50만 원 자기가 갖고 50만 마을로 옇고 공동체로 해. 여그는 우리 마을에다가 여:. 똑같이 잡어서 반절은 어촌계에 옇고 반절은 내가 묵고. 내 수고비만 묵어. 그라문 공동 전체가 모아지문 연말 때 안 한 사람하고 똑같이 나나. 우리는 그날 일당을 가져 가. 반절을 가져 갔응께 나중에는 똑같이 나나. 한 사람이나 안 한 사람이나 똑같이 나나.

【심리는 없으니까 제주 해녀가 들어와. 작업을 해서 전복 100만 원어치 잡으면 자기가 50만 원을 가지고 50만 원은 마을로 넣고 공동체로 해. 여기는 우리 마을에다가 넣어. 똑같이 잡아서 반절은 어촌계에 넣고 반절은 내가 가지고 가. 내 수고비만 가지고 가. 그러면 공동 전체

가 모아지면 연말에 안 한 사람하고 똑같이 나눠. 우리는 그날 일당을 가져 가. 반절을 가져가니까 나중에는 똑같이 나눠. 물질을 한 사람이나 안 한 사람이나 똑같이 나눠.】

조 얼마나 되나요?

이: 옛날에는 많이썩 됐는데 요즘은 물건이 잘 안 나와서 없어. 이상하게 없어졌어. 백화현상[16]이 와서 전북이 없더라고. 먹이가 많아야 전북이 많은데. 다시마가 잘 질어야 전북이 잘 되는데 먹이가 있어도 없:당께. 어촌에서 많이 뿌려도 성장을 안 해. 해삼도 뿌려 보고 전북도 뿌려 보고 그런데 성장을 잘 안 해.

【옛날에는 많이씩 됐는데 요즘은 물건이 잘 안 나와서 없어. 이상하게 없어졌어. 백화현상이 와서 전복이 없더라고. 먹이가 많아야 전복이 많은데. 다시마가 잘 자라야 전복이 잘 자라는데 먹이가 있어도 없다니까. 어촌에서 많이 뿌려도 성장을 안 해.】

조 미역 캐러 가는 것을 뭐라고 해요?

이: 미역 캐러 간다. 똠[17]이 세 개로 갈라져 있어. 다섯 집이문 다섯 집, 열 집이문 열 집 갈라져 있어. 이 마을이 세 개로 갈라져 있어. 옛날 할아버지네가 가호를 갈랐어. 자기 똠이 상, 중, 하 그렇게 갈라졌어. 한 도막이 다섯 집 된 사람이 있고 일곱 집 된 사람이 있고 아홉 집 된 사람이 있고. 바다를 나나, 자기 해안에 가서 해야제 놈우 것에 가문 큰일나 불어. 내가 이 사람 해안에서 뜯어 왔다문 다 압수했어. 자기 구역에 가서밖에 못 해.

---

16 연안 암반 지역에서 해조류가 사라지고 흰색의 석회 조류가 달라붙어 암반 지역이 흰색으로 변하는 것을 말한다.

17 미역을 채취하는 장소로 마을마다 다르게 나누어져 있다.

【미역을 캐러 간다고 해. 똠이 세 개로 갈라져 있어. 다섯 집이면 다섯 집, 열 집이면 열 집으로 갈라져 있어. 이 마을은 세 개로 갈라져 있어. 옛날 할아버지네가 가구별로 갈랐어. 자기 똠이 상, 중, 하 그렇게 갈라졌어. 한 도막이 다섯 집이 된 사람이 있고 일곱 집이 된 사람이 있고 아홉 집이 된 사람이 있고. 바다를 나눠, 자기 해안에 가서 해야지 남의 해안에 가면 큰일이 나버려. 내가 이 사람 해안에서 뜯어왔다면 다 압수했어. 자기 구역에 가서밖에 못 해.】

조 구역을 바꾸나요?

이: 돌아가면서 해. 올해 이 사람 한 데를 비문 내년에 바까져. 빨리빨리 돌아 가. 그렇게 해요.

【돌아가면서 해. 올해 이 사람이 한 데를 비우면 내년에 바뀌져. 빨리빨리 돌아 가. 그렇게 해요.】

조 고무옷 입고 하시죠?

이: 옛날에는 물적삼[18] 입고 했는데 지금은 고무옷이 나와 갖고 고무옷 입고 해요. 수건 모자 만들어서 쓰고 저고리 물적삼 입고 '잠베이'[19]라고 있어. 수영복 같은 거 있어. 잠베이 입고 물적삼 입고 꼬깔 만들어서 수건 쓰고. 지금은 좋제. 고무장갑도 나오고.

【옛날에는 물적삼을 입고 했는데 지금은 고무옷이 나와서 고무옷을 입고 해요. 수건 모자를 만들어서 쓰고 물적삼을 입고 '잠베이'라고 있어.

18 제주도 전통 해녀복의 윗옷으로 잠수할 때 물소중이 위에 입는다. 소매의 배래는 직선이며 소맷부리에 고무줄을 넣어서 잠수하기에 간편하도록 하고, 천은 무명이나 광목을 사용한다.

19 가랑이가 무릎까지 내려오도록 짧게 만든 홑바지로 '잠방이'의 방언이다. 제주 지역에서는 '줌벵이'로도 적는다.

수영복 같은 거 있어. 잠벵이를 입고 저고리 물적삼을 입고 고깔을 만들어서 수건을 쓰고. 지금은 좋지. 고무장갑도 나오고.】

조 수경은?

이: 옛날에 이만한 거 두 개, 눈 하나씩, 이렇게 생긴 거. 이렇게 큰 거 해 갖고 쓰고.

【옛날에 이만한 거 두 개, 눈 하나씩, 이렇게 생긴 거 있어. 이렇게 큰 거 해서 쓰고.】

조 가지고 다니는 함이 있어요?

이: 옛날에는 함이 있었는데 다 담어 갖고 다녔는데 요즘은 소쿠리[20]에다 한 뻰에 담아. 낫도 가져가고. 선창 배 닿는 데 가 보문 거기 우리 동네 작업 창고가 있어. 거기다 딱 나 둬. 끝나문 다 쟁여 놓다가 작업 간다문 거기서 꺼내고. 꺼내 다 배에 싣고 3일이고 4일이고 그 배에다 놓고. 그 함을 '가구'라고 해. 지금은. 옛날에는 나무 상자로 짰어. '나무 상자'라고 해.

【옛날에는 함이 있었는데 다 담아서 다녔는데 요즘은 소쿠리에다 한 번에 담아. 낫도 가져가고. 선창에 배가 닿는 데에 가 보면 거기에 우리 동네 작업 창고가 있어. 거기에다 딱 놓아 둬. 끝나면 다 쟁여 놓다가 작업을 간다면 거기에서 꺼내고. 꺼내서 다 배에 싣고 3일이고 4일이고 그 배에다 놓고. 그 함을 '가구'라고 해. 지금은. 옛날에는 나무 상자로 짰어. '나무 상자'라고 해.】

조 귀마개도 해요?

20 대나 싸리로 엮어 테가 있게 만든 그릇을 말한다.

이: 했제. 옛날에는 끔으로 기를 막았어. 요즘에는 좋은 기마개 다 나오잖아요. 옛날에는 끔으로 해 갖고 기를 막았어. 물 들어 가니까. 다른 것은 안 하고. 요즘은 솜으로 해. 그라고 기가 막히문 지피 들어갈수록 기가 막혀. 눈이 벌어지라문서 속으로 '크크'하고 들어가. 수심에 들어가문 압력이 있어. 속으로 '크크'하문서 들어가. 콧방구라고 해.
【했지. 옛날에는 껌으로 귀를 막았어. 요즘에는 좋은 귀마개가 다 나오잖아요. 옛날에는 껌으로 해서 귀를 막았어. 물이 들어가니까. 다른 것은 안 하고. 요즘은 솜으로 해. 그리고 귀가 막히면 깊이 들어갈수록 귀가 막혀. 눈이 벌어지면서 속으로 '크크'하고 들어가. 수심에 들어가면 압력이 있어. 속으로 '크크'하면서 들어가. 콧방귀라고 해.】

조 물속에서 숨을 오래 참는 방법은?
이: 물속에서 숨이 짠뜩 가플[21] 때 'ㄲㄲㄲ'하문서 버큼이 우그로 나와. 산소통에 버큼 나오듯이. 뽀끌뽀끌 올라와. 그란 적도 많제. 그놈 따 갖고 올라고, 뻘 물에서 나와 버리문 못 따. 그랑께 그놈 다 잡아 갖고 나올라고.
【물속에서 숨이 잔뜩 찰 때 '크크크'하면서 거품이 위로 나와. 산소통에서 거품이 나오듯이. 뽀글뽀글 올라와. 그런 적도 많지. 그것을 따서 오려고. 개펄 물에서 나와 버리면 못 따. 그러니까 그것 다 잡아서 나오려고 숨을 참아.】

조 흥서리도 가져가요?
이: 옛날에는 두름박이라고 했어. 전북 따는 거는 빗창. 지금도 다 보관해. 옛날에는 오리발도 안 차고 했어. 지금은 오리발 다 차고 해. 납 차고

21 '가쁘다'의 전남 방언으로 숨이 몹시 차다는 뜻이다.

오리발 차고 해.
【옛날에는 테왁이라고 했어. 전복을 따는 것은 빗창이라고 해. 지금도 다 보관해. 옛날에는 오리발도 안 차고 했어. 지금은 오리발을 다 차고 해. 납을 차고 오리발도 차고 해.】

조 갈고리도 가져가요?
이: 까꼬리[22] 가져 가. 뭉게 잡을라고.
【갈고리를 가져 가. 멍게를 잡으려고】

조 작살은?
이: 우리는 작살은 안 갖고 댕겨. 고기는 안 잡어. 제주 사람은 다 잡어. 본 대로 다 잡어. 제주 사람들은 그거 갖고 다 잡어. 작살이 아니고 까꼬로 잡어. 우리는 안 잡아 봐서. 때로 광어는 잡어. 광어라고 밑에 엎지르고 있어. 뻘밭에, 모래밭에. 전북 따는 빈창으로 얇은 아가미 있는 데 찔르문 갖고 나온 데 봉께 못 빠져나오게 양쪽 잡어야지. 그렇게 잡어 갖고는 빠져 가 불어. 나는 무서라 못 잡어. 이 사람들은 가끔 잡어.
【우리는 작살은 안 가지고 다녀. 고기는 안 잡아. 제주 해녀는 다 잡아. 보는 대로 다 잡아. 제주 해녀들은 작살을 가지고 다 잡아. 작살이 아니고 갈고리로 잡아. 우리는 안 잡아 봐서. 때로는 광어는 잡아. 광어라고 밑에 엎어져 있어. 개펄 밭에, 모래밭에. 전복 따는 빗창으로 얇은 아가미가 있는 데를 찌르면 가지고 나와서 보니까 못 빠져나오게 양쪽을 잡아야지. 그렇게 잡아서는 빠져 가 버려. 나는 무서워서 못 잡아. 이 사람들은 가끔 잡아.】

---

22 '갈고리'의 전남 방언으로 성게, 문어, 해삼을 찍어 잡을 때 사용하는 도구이다.

조 호멩이 가져가요?

이: 까꼬리가 호멩이여. 목포 가서 살 때도 까꼬리라고 혀. 호무 같이 생겼는데 까꼬리가 있어. 끄터리[23]가 이렇게 생겨 가지고. 'ㄱ' 자로 된 거.
【갈고리가 호미야. 목포에 가서 살 때도 갈고리라고 해. 호미 같이 생겼는데 갈고리가 있어. 끄트머리가 이렇게 생겨 가지고. 'ㄱ' 자로 된 거.

조 닻줄도 가져가요?

이: 닷줄[24] 갖고 가. 줄이 아홉 발, 열 발. 보통 그렇게 해 갖고 가.
【닻줄도 가지고 가. 줄이 아홉 발, 열 발. 보통 그렇게 해서 가.】

조 어느 정도 길이예요?

이: 열 집. 발로 열 발, 한 발이 한 집. 두름박 딱 묶어서 닷 박아 놓고 해. 흥서리 망에 줄 매져 갖고 있어. 그라문 돌을 한 담어 갖고 닷 나 놓고. 안 도망가고 거기서 그래 놓고 해야제. 두름박에 묶어, 수심 따라서 묶어. 물에다 띠:나. 독 묶어서 빨쳐[25] 나. 물속에 들어가문 망사리가 있어. 쪼끄마게 짜 가지고, 거기다 담아 가지고 물에 던져.
【열 집. 발로 열 발, 한 발이 한 집. 테왁을 딱 묶어서 닻을 박아 놓고 해. 망사리 망에 줄이 매어져 있어. 그러면 돌을 담아서 닻을 놓고. 안 도망가고 거기에서 그렇게 해 놓고 해야지. 테왁에 묶어, 수심에 따라서 묶어. 물에다 띄워 놓아. 돌을 묶어서 빠뜨려 놓아. 물속에 들어가면 망사리가 있어. 조그맣게 짜 가지고, 거기에다 담아서 물에 던져.】

조 먹는 것은 뭐가 있어요?

---

23 '끄트머리'의 전남 방언이다.
24 망사리와 닻돌을 연결하는 줄을 말한다.
25 '빠뜨리다'의 전남 방언이다.

이: 미역, 다시마, 우묵가사리, 돌김, 모자반은 따로 있어. 모자반은 장도[26] 건너에 있어. 우리 마을에는 돌김밲에 없어.
【미역, 다시마, 우뭇가사리, 돌김, 모자반은 따로 있어. 모자반은 장도 건너에 있어. 우리 마을에는 돌김밖에 없어.】

조 돌김은 어떻게 따요?
이: 바위에 기르문 가서 따 와. 자연산 돌김. 여기는 양식이 없어. 거북선에다가도 붙으고 바위 그 선에 붙으문 따 와. 여기는 파도가 많아서 양식을 못 해.
【바위에 자라면 가서 따 와. 자연산 돌김. 여기는 양식이 없어. 거북손에도 붙고 바위 그 위에 붙으면 따 와. 여기는 파도가 많아서 양식을 못 해.】

조 청각도 있어요?
이: 많이는 없어. 채취해서 팔아먹을 정도는 없어. 먹을 것만 반찬 몇 개씩, 한 번씩 해 묵어.
【많이는 없어. 채취해서 팔아먹을 정도는 없어. 먹을 것만 반찬 몇 개씩, 한 번씩 해 먹어.】

조 소라도 잡아요?
이: 소라는 안 잡어. 싸니까. 고기 잡으면서 통발에 미끼 여:서 두문 들어와. 고깃배 하는 사람들이. 우리는 그런 거 안 잡아.
【소라는 안 잡아. 싸니까. 고기를 잡으면서 통발에 미끼를 넣어서 두면 들어와. 고깃배를 하는 사람들이. 우리는 그런 거 안 잡아.】

---

26 흑산도 예리항에서 배를 타고 30분 정도 가면 도착한다.

조 군벗도 있어요?

이: 군벗[27]도 많이 있지. 있는데 누가 안 잡아.

【딱지조개도 많이 있지. 있는데 누가 안 잡아.】

조 군소도?

이: 군수[28]도 다 있어. 많이 있어.

【군소도 다 있어. 많이 있어.】

조 문어는?

이: 옛날에는 많았는데 올해는 벨로 없더라고. 멫 개씩 나오고. 까꼬리로 잡아. 있으문 대번에 잡아 갖고 나와야지. 엉거[29] 버리문. 거북선도 많이 있어.

【옛날에는 많았는데 올해는 별로 없더라고. 몇 개씩 나오고. 갈고리로 잡아. 있으면 단숨에 잡아서 나와야지. 들러붙어 버리면 못 잡아. 거북손도 많이 있어.】

조 주로 뭐를 많이 잡아요?

이: 전복, 해삼, 성게 3가지백에 벨로 안 해. 그라고 미역, 다시마, 토다고.

【전복, 해삼, 성게 3가지밖에 별로 안 해. 그리고 미역, 다시마, 톳하고.】

조 성게는 언제 잡아요?

---

27 '딱지조개'의 방언이다.

28 몸의 길이는 30~40cm이며, 검은 갈색 바탕에 회색빛의 흰색 얼룩무늬가 있다. 등에는 외투막에 싸인 얇은 껍데기가 있다. 해조를 먹고 사는데 식용한다.

29 '엉거붙다'로 사용되며 '들러붙다'의 전남 방언이다.

이: 성게는 4월, 5월에. 올해도 성게 있을까? 다소라도 있제. 작년에는 한 4백 해 먹었는데. 메칠 잡어. 한 달하문 돈 벌게. 1킬로에 그게 비싸. 일이 많어. 하리에 10킬로썩 잡어. 상인이 제주도로 가져가. 옛날에는 일본으로 갔는데 지금은 제주도로 가. 그거는 해녀가 수고한다고 잡아다 먹어라 그래. 마을에서 해녀에게 다 먹으라고 해. 그라니까 그거는 일이 많어. 전복이나 해삼은 반절은 주고 성게만 해녀한테 먹으라고 해. 고생이 많어.

【성게는 4월, 5월에 잡아. 올해도 성게가 있을까? 조금이라도 있지. 작년에는 한 4백만 원 했는데. 며칠 잡아. 한 달하면 돈 벌게. 1킬로그램에 그게 비싸. 일이 많아. 하루에 10킬로그램씩 잡아. 상인이 제주도로 가져가. 옛날에는 일본으로 갔는데 지금은 제주도로 가. 그것은 해녀가 수고한다고 잡아다 먹으라고 그래. 마을에서 해녀에게 다 먹으라고 해. 그러니까 그것은 일이 많아. 전복이나 해삼은 절반은 어촌계에 주고 성게만 해녀한테 먹으라고 해. 고생이 많아.】

조 게도 있어요?

이: 참게 같은 거는 없고 돌게라고 짤짤한 거 그런 게는 많이 있어. 튀겨 먹으문 맛있어. 된장국도 끓여 먹고 젓도 담어 묵고. 올해는 손이 없어서 못 한다. 우리 집은 엉망진창이어. 안 치어서. 나는 아까 일하고 메다가 쩌다 널어놨어. 따까리[30]에다 세 개 널어놓고 한 주먹 여:어 놨어.

【참게 같은 거는 없고 돌게라고 자잘한 거 그런 게는 많이 있어. 튀겨 먹으면 맛있어. 된장국도 끓여 먹고 젓도 담아 먹고. 올해는 일손이 없어서 못 한다. 우리 집은 엉망진창이야. 안 치어서. 나는 아까 일하고 메다가 저기에다 돌김을 널어놨어. 뚜껑에다 세 개 널어놓고 한 주먹

30 '뚜껑'의 전남 방언이다.

넣어 놓았어.】

조 전복은 어떻게 팔아요?

이: 어촌계에서 다 압수해, 그래 갖고 팔아. 어촌계에서 관리해요. 우리는 그날 갔다가 어촌계에 건 거만 해죠. 잡아 갖고 와서. 멫 키로 달아서, 그라문 어촌계에서 관리해 갖고 판매해 갖고 우리 수고비는 팔아 갖고 돈으로 줘.

【어촌계에서 다 압수해, 그리고 팔아. 어촌계에서 관리해요. 우리는 그날 갔다가 어촌계에 잡은 것만 해죠. 잡아 가지고 와서. 몇 킬로그램인지 달아서. 그러면 어촌계에서 관리해서 판매하고 우리 수고비는 팔아서 돈으로 줘.】

조 밭일도 하세요?

이: 밭일 쪼끔씩 먹을 거 하고 바로 옆에 있으니까. 밭에 콩 같은 거 심어서 된장 같은 거 해서 애들 주고 깨 해서 참지름 짜서 애들 주고 그런 거 해.

【밭일도 조금씩 먹을 것을 하고 바로 옆에 있으니까. 밭에 콩 같은 것을 심어서 된장 같은 거 해서 아이들한테 주고 깨를 해서 참기름을 짜서 아이들에게 주고 그런 거 해.】

조 옛날에도 이렇게 했어요?

이: 옛날에는 많이썩 했제. 보리를 많이 했어. 먹을 게 없:응께 저 큰 밭에다가 보리하고 고구마하고 콩아고 심어서 엄청 했었제. 지금은 전복 양식을 하니까 시간이 없어서 농사를 못 지어. 그라니까 밧을 다 믹에[31] 버리고 쪼끔 나 먹을 것만 해요. 남은 밧은 다 믹에 나서 산 돼 버렸어. 농사 지: 봤자 돈이 안 돼. 여그는 바다에서 돈이 많이 나오지

농사는 만날 해 봤자 쭉:또룩 고생만 하지.

【옛날에는 많이씩 했지. 보리를 많이 했어. 먹을 게 없으니까 저 큰 밭에다가 보리하고 고구마하고 콩하고 심어서 많이 했었지. 지금은 전복 양식을 하니까 시간이 없어서 농사를 못 지어. 그러니까 밭을 다 묵혀 버리고 조금 내가 먹을 것만 해요. 남은 밭은 다 묵혀서 산이 돼 버렸어. 농사를 지어 봤자 돈이 안 돼. 여기는 바다에서 돈이 많이 나오지 농사는 내내 해 봤자 죽도록 고생만 하지.】

조 어렸을 때도 미역을 땄어요?

이: 15살 때부터 했다니까. 시집 오기 전에, 전에 했어. 열일곱, 열야달 되니까 그때는 상잠수 됐지. 그거로 생계를 끌어 나갔제. 그거 해 갖고.

【15살 때부터 했다니까. 시집을 오기 전에, 전에 했어. 열일곱, 열여덟 되니까 그때는 상잠수가 됐지. 그거로 생계를 유지해 나갔지. 그거 해서.】

조 언제 바다에 나가세요?

이: 이 시간이 마침 들어오는 시간이여. 아침 5시부터 인제껏 서둘렀응께 쪼깐 들어 눌 시간이여. 허리를 펴야 돼. 아침부터 눈 뜨문 나가서 해. 점심은 못 묵고 해. 끄니가 없어. 커피만 석 잔 먹었어. 인자 저녁 맛있게 먹어. 김 구워 갖고 맛있게 묵어야제.

【이 시간이 마침 들어오는 시간이야. 아침 5시부터 이제껏 서둘렀으니까 조금 들어와 누울 시간이야. 허리를 펴야 돼. 아침부터 눈을 뜨면 나가서 해. 점심은 못 먹고 해. 끼니가 없어. 커피만 석 잔을 마셨어. 이제 저녁을 맛있게 먹어. 김을 구워서 맛있게 먹어야지.】

---

31 '묵히다'의 전남 방언으로 밭이나 논 따위를 사용하지 않은 채 그대로 남긴다는 뜻이다.

조 물질하면서 다 장만하셨어요?

이: 다 핵교 겔치고 했어.

【다 학교 보내고 가르치고 했어.】

조 제주 해녀도 있어요?

이: 우리 마을에는 해녀가 많이 있어 부니까 우리 마을에는 절대 안 와. 그란데 심리하고 장도하고 그런 데만 해녀가 댕겨. 거기서 일주일 작업하고 나가고 그래. 작업 끝나문 갔다가 와. 제주 해녀가 많이 왔어도 우리 마을에는 지방 해녀가 있어 부니까 못 와. 제주 해녀 와 버리문 다음 멋이가 없어. 다 해 가 불어. 그라니까 못 오게 해. 우리 박그륵 뺏어 불문 안 됭께. 못 오게 해야제. 예전에는 한 이십 명 있었어. 그런데 나이 잡수고 돌아가시고 멧이 안 돼. 지금 5명만 물질해.

【우리 마을에는 해녀가 많이 있으니까 우리 마을에는 절대 안 와. 그런데 심리하고 장도하고 그런 데만 해녀가 다녀. 거기서 일주일 작업하고 나가고 그래. 작업이 끝나면 갔다가 와. 제주 해녀가 많이 왔어도 우리 마을에는 지방 해녀가 있으니까 못 와. 제주 해녀가 와 버리면 다음에 잡을 것이 없어. 다 해 가버려. 그러니까 못 오게 해. 우리 밥그릇을 뺏어버리면 안 되니까. 못 오게 해야지. 예전에는 한 이십 명이 있었어. 그런데 나이를 잡수시고 돌아가시고 몇이 안 돼. 지금은 5명만 물질해.】

조 결혼식 할 때 잔치 하나요?

이: 옛날에는 잔치하고 그랬는데 요새는 도시 가서 해 버리잖아요. 하고 오문은 마을 회관에서 음식 갖고 와서 거기서 동네 어르신들 술 한 잔씩 대접해. 옛날에는 돼지 잡고 소 잡고 그랬제. 요즘은 그런 거 안 해. 요즘은 초상 나도 나가서 해 버리니까 여기서는 안 해. 옛날에 초상 나

문 장례 다 치르도록까지 3일이고 4일이고 집에서 손님 다 대접하고 그랬제. 요즘은 그런 것이 없어.
【옛날에는 잔치하고 그랬는데 요즘은 도시에 가서 해 버리잖아요. 하고 오면 마을 회관에서 음식을 가지고 와서 거기서 동네 어르신들에게 술 한 잔씩 대접해. 옛날에는 돼지 잡고 소 잡고 그랬지. 요즘은 그런 거 안 해. 요즘은 초상이 나도 나가서 해 버리니까 여기서는 안 해. 옛날에 초상이 나면 장례를 다 치르도록 3일이고 4일이고 집에서 손님을 다 대접하고 그랬지. 요즘은 그런 것이 없어.】

조 쌀밥을 해 드셨어요?

이: 말도 마시오. 옛날에는 맨: 보리만 묵고 손님이나 집이 오문 그랄 때 보리에다가 보리밥 하다가 우게다가 쌀만 쫌 해서 손님 드릴라고 쫌 연저[32]. 그라문 그놈 옴씩[33] 떠서 보리 한나썩 해 갖고 손님 차라 드리고 가문 저 손님이 밥 남기고 가문 '내 저 밥 한 숟가락이나 얻어 묵겄구나'이라고 앉아 있으문, 저 손님이 남기고 가문 묵고 안 하고 다 잡수고 가 버리문 보리밥 묵고 기다리고 앉아 있고 그랬제. 보리도 농사가 많아야 많이 묵고 배불리 묵고 살았제. 농사 지어 본 사람은 고구마 묵고 놈우 집 가서 일해 주고 가서 얻어다 묵고 그랬제. 쌀은 육지에서 쪼끔썩 사다가 애기들이 감기사 아프다 하거나 어른이 쫌 아프다 하거나 하문 옛날에 전북 껍데기에다, 보리 할 때 거기다 연저 갖고 그 아픈 사람만 줬어. 우리 때까지는 그런대로 묵고 살았제. 나는 쌀밥 많이 못 묵었어. 우리는 농사가 많으니까 보리는 배 안 굶고 살았어. 그란데 쌀은 기했어. 그라고 옛날 흑산 처녀들은 쌀 서 말 묵고 결혼한 처녀는

32 위에 올려놓는다는 뜻으로 '얹다'의 옛말이다. 기본형은 '연즈다'이다.
33 '전부'의 전남 방언이다.

없다고 그랬어. 그만만큼 쌀이 기했어.

【말도 마시오. 옛날에는 거의 보리만 먹고 손님이나 집에 오면 그럴 때 보리에다가 보리밥을 하다가 위에다가 쌀만 조금 해서 손님에게 드리려고 좀 얹어. 그러면 그것을 전부 떠서 보리밥에 하나씩 해서 손님에게 차려 드리고 손님이 가면 저 손님이 남기고 가면 먹고 안 남기고 다 잡수고 가 버리면 보리밥을 먹고 기다리고 앉아 있고 그랬지. 보리도 농사가 많아야 많이 먹고 배부르게 먹고 살았지. 농사를 지어 본 사람은 고구마를 먹고 남의 집에 가서 일해 주고 가서 얻어다 먹고 그랬지. 쌀은 육지에서 조금씩 사다가 아이들이 감기로 아프거나 어른이 좀 아프거나 하면 옛날에 전복 껍데기에다, 보리밥을 할 때 거기에다 얹어서 그 아픈 사람만 줬어. 우리 때까지는 그런대로 먹고 살았지. 나는 쌀밥을 많이 못 먹었어. 우리는 농사가 많으니까 보리밥은 배 안 굶고 살았어. 그런데 쌀은 귀했어. 그리고 옛날 흑산 처녀들은 쌀 서 말 먹고 결혼한 처녀는 없다고 그랬어. 그만큼 쌀이 귀했어.】

조 돌아가시면 수의 입혔나요?

이: 다른 것은 미리서 다 만들어서 해서 담어 노문 명 질어서 오래 산다고 그랑께 나이 얼마 안 묵어도 다 만들어다 농에 담어 놓고. 좀[34] 묵으니까 좀 못 묵게 소독 옇고 그랬어.

【다른 것은 미리 다 만들어서 담아 놓으면 명이 길어서 오래 산다고 그러니까 나이를 얼마 안 먹어도 다 만들어다 장롱에 담아 놓고 그랬어. 좀이 먹으니까 좀이 못 먹게 소독을 넣고 그랬어.】

조 바로 매장을 하나요?

---

34 의류와 종이의 해충이며 우리나라에만 분포한다.

이: 땅에다 묻는데 널[35] 놓고 우그로 소나무를 짝 빨짜 갖고 흑으로 못 눌루게 딱 이렇게 하더라고. 까라, 홍대라고 해. 바로 흑으로 덮어 불문 보기 싫잖아. 이런 소나무를 짝 빨짜 갖고 이렇게 엎어. 우게다 빨간 천 덮어.

【땅에다 묻는데 널을 놓고 위로 소나무를 짝 뽀개서 흙으로 못 누르게 딱 이렇게 하더라고. 까라, 홍대라고 해. 바로 흙으로 덮어버리면 보기 싫잖아. 이런 소나무를 짝 뽀개서 이렇게 엎어. 위에 빨간 천을 덮어.】

조 초분도 하나요?

이: 초분[36]이라고 해서 돌로 싸. 인자 자기 관 맞처서 돌담을 쌓더라고. 그 위에다가 관을 해 놓고 초분이라고. 집으로 초가집 엮은 나람[37] 있잖아, 그런 거 용머리 틀고 그래서 빵 둘러서 했어. 인자는 안 해. 옛날에는 그것을 했었어. 내가 듣기로 마땅한 땅이 없는 사람은 그런다고. 지관 오문 땅을 찾아서 모신다고. 옛날에는 어치 그렇게 했나문 자식들이고 집안에 초분을 해 노으문 탈이 없대. 그래서 그렇게 많이 했어. 옛날에는 미신을 많이 지켰잖아요. 그래서 집안 펜하게 하기 위해서 그렇게 했다가 3년이 넘으문 파서 땅에다 묻고.

【초분이라고 해서 돌로 쌓아. 이제 자기 관을 맞춰서 돌담을 쌓더라고. 그 위에다가 관을 해 놓고 초분이라고. 짚으로 초가집을 엮는 이엉 있잖아. 그런 거 용머리를 틀고 그래서 빵 둘러서 했어. 이제는 안 해. 옛날에는 그것을 했었어. 내가 듣기로 마땅한 땅이 없는 사람은 그런다

35 시체를 넣는 관이나 곽 따위를 통틀어 이르는 말이다.

36 서남 해안이나 섬에서 송장을 풀이나 짚으로 덮어 두는 장례 방법이다. 3년 내지 10년 동안 그대로 두었다가, 살이 다 썩은 뒤에 뼈를 골라 시루에 쪄서 땅에 묻는다.

37 초가집의 지붕이나 담을 이기 위하여 짚이나 새 따위로 엮은 물건으로 '이엉'의 전남 방언이다.

고. 지관이 오면 땅을 찾아서 모신다고. 옛날에는 어찌 그렇게 했냐면 자식들이고 집안에 초분을 해 놓으면 탈이 없대. 그래서 그렇게 많이 했어. 옛날에는 미신을 많이 지켰잖아요. 그래서 집안을 편하게 하기 위해서 그렇게 했다가 3년이 지나면 파서 땅에다 묻고 그랬어.】

조 결혼할 때 신랑 발바닥도 때리나요?

이: 그런 것도 했제. 달아 매고 방망이로 때려, 옛날에 다듬이[38] 방망이 있잖아. 신붓집에서 마:이 했어. 인자 약혼 해 놓고 처갓집을 오문은 같은 또래 친구들이 하고 또 그 위에 사람들이 장난할라고 하고 그랬어요. 옛날에는 가매 메고 오문 재미있었어. 박도 저기 나 갖고 팍 깨고. 인자는 다 없어져 버렸어. 그라고 오빠가 결혼하문 신부가 우리집에 오잖아. 시누이들이 정면으로 보문 잘 싸운다고 나를 뒷방에다 감찼어. 시누들 못 보게. 시누놀이 한다고. 올케 시집살이 시킨다고. '시누가 매울라문 고추보다 더 매울라다냐' 그 말이 있습뎌. 그것을 나는 쥐었어. 【그런 것도 했지. 달아서 매고 방망이로 때려, 옛날에 다듬이 방망이가 있잖아. 신붓집에서 많이 했어. 이제 약혼을 해 놓고 처갓집을 오면 같은 또래 친구들이 때리고 또 그 위에 사람들이 장난하려고 때리고 그랬어요. 옛날에는 가마를 메고 오면 재미있었어. 박도 저기에 놓고 팍 깨고. 이제는 다 없어져 버렸어. 그리고 오빠가 결혼하면 신부가 우리 집에 오잖아. 시누이들이 정면으로 보면 잘 싸운다고 나를 뒷방에다 감췄어. 시누들이 못 보게. 시누이 놀이를 한다고. 올케를 시집살이 시킨다고. '시누이가 매우려면 고추보다 더 맵다느냐' 그 말이 있잖아요. 그것을 나는 겪었어.】

38 다듬이질 할 때 쓰는 방망이로 두 개가 한 쌍이 되도록 나무로 만든다.

조 시집살이는 안 했어요?

이: 나는 전혀 안 했어. 시어머니가 정말 좋아. 친정 엄마보다 더 좋았어. 생견[39] 고부갈등이라는 것이 없었어. 딸처럼 그렇게. 원래 잘하고 씨엄마도 잘하고. 쌈 할 일이 없어.

【나는 전혀 안 했어. 시어머니가 정말 좋아. 친정 엄마보다 더 좋았어. 생전 고부갈등이라는 것이 없었어. 딸처럼 그렇게. 원래 잘하고 시어머니도 잘하고. 싸움을 할 일이 없어.】

조 태몽도 꾸셨어요?

이: 더덕 같은 거 캐서 바구니에 한:나 담아서 이고 무도 고추도 따서 담어 오고, 호박도 이런 호박 따서 오고. 가시나는 호박. 아들은 무, 더덕. 나는 구랭이 꿈을 많이 꿨어. 발도 못 딛게 구랭이가 있었어. 그라고 아들 낳어. 맨 아들만 낳어. 그라고 개꿈도 아들이여.

【더덕 같은 것을 캐서 바구니에 가득 담아서 이고 무도 고추도 따서 담아 오고, 호박도 이런 호박을 따서 오고. 여자는 호박이고 남자는 무나 더덕이야. 나는 구렁이 꿈을 많이 꿨어. 발도 못 디디게 구렁이가 있었어. 그러고 아들을 낳았어. 아들만 낳았어. 그러고 개꿈도 아들이야.】

조 제사도 지내세요?

이: 우리는 종갓집이여. 제사는 많이 지내는데 옛날에는 많이 지냈어. 각각으로. 인제는 합동으로 날 받어서 할아버지가 우게니까 할아버지 제사 때 해. 같이 모아서. 할머니, 할아버지 해 주고, 시아버지 제사 때 씨엄마 같이 지내고.

【우리는 종갓집이야. 제사는 많이 지내는데 옛날에는 많이 지냈어. 각

39 살아 있는 동안이라는 뜻으로 '생전'의 전남 방언이다.

각으로. 이제는 합동으로 날을 받아서 할아버지가 위니까 할아버지 제사 때 해. 같이 모아서. 할머니, 할아버지를 해 주고 시아버지 제사 때 시어머니도 같이 지내고.】

조 음식 준비는 어떻게?

이: 다 하지. 한 가지를 해도 안 빠지고 다 하지. 떡은 방앗간에서 해 오든지 사 오든지. 함은 비싼께 만 원 주문 세 개 포개진 거 사. 찹쌀떡 이렇게 된 거 갖고 와. 시루떡은 집이서 했지. 도굿대로 빠:서 가리[40] 친 체로 처 가지고 시루가 있어. 시루 뺀다이 다 붙어 갖고 했어. 유리 시루 했다가 양은 시루 했다가 인자는 찜솟.】

【다 하지. 한 가지를 해도 안 빠지고 다 하지. 떡은 방앗간에서 해 오든지 사 오든지 하고. 집에서 하면 비싸니까 만 원을 주고 세 개 포개진 것을 사. 찹쌀떡 이렇게 된 것을 가지고 와. 시루떡은 집에서 했지. 절구로 빻아서 가루를 치는 체로 쳐서 시루가 있어. 시루에 다 붙여서 했어. 유리 시루로 했다가 양은 시루로 했다가 이제는 찜솥으로 해.】

조 무슨 명절을 크게 보내요?

이: 설을 크게 보내. 추서가고. 그라고 대보름. 대보름은 그냥저냥 그라고.

【설을 크게 보내. 추석하고. 그리고 대보름. 대보름은 그냥저냥 그러고.】

조 바다 나갈 때 제사 안 지내요?

이: 옛날에 할아버지 계실 때는 소 잡고 여름이문 허제비 만들어서 배에다가 소머리, 돼지머리 용왕 제 바친다고 바다에 띠우고 허제비 배 만들

40 '가루'의 전남 방언이다. '하루, 노루'의 경우에도 '하리, 노리'라고 한다.

어 갖고 사람 만들어 갖고 멀:리 노 저어 갖고 띠고 그랬는데 이제는 안 해. 소 잡어서 깨끄대야 되니까 정성 들이고 바닷가에 천막 처 놓고. 당제 지낼 때는 섣달 그믐날에 그 앞날 올랐다가 3일 만에 내려와. 득제는 7월 달에 모시고, 이 마을이 깨끄대야 돼. 임신한 사람도 없고 초상 난 것도 없고 그래야 제사를 바치제 글 안 하문 제사 못 바처. 그라고 올라가는 사람이 소변 보문 와서 모욕하고 갔어. 당 제사 바칠 사람은 거서 3일 동안 살다가 찬물에서 모욕하고 화장실 갔다오문 찬물에서 모욕하고 그랑께 많이 안 잡써. 모욕하기 싫어서, 올라가야 하니까 많이 굶어서. 어른도 깨끄단 사람이 제를 지내. 집안도 깨끄대야 그 사람이 당에 올라가. 아프거나 하문 못 올라가. 다음 해에는 깨끄단 사람이 해. 마을에서 그 사람에게 드린 것은 없어.

【옛날에는 할아버지가 계실 때는 소를 잡고 여름이면 허수아비를 만들어서 배에다가 소머리, 돼지머리를 용왕에게 제를 바친다고 바다에 띄우고 허수아비 배를 만들어서 사람 만들어 멀리 노를 저어서 띄우고 그랬는데 이제는 안 해. 소를 잡아서 깨끗해야 되니까 정성을 들이고 바닷가에 천막을 쳐 놓고. 당제 지낼 때는 섣달 그믐날에 그 앞날 올라갔다가 3일 만에 내려와. 득제는 7월에 모시고 이 마을이 깨끗해야 돼. 임신한 사람도 없고 초상 난 것도 없고 그래야 제사를 바치지 그리 안 하면 제사를 못 바쳐. 그리고 올라가는 사람은 소변을 보면 와서 목욕하고 갔어. 당 제사를 바칠 사람은 거기에서 3일 동안 살다가 찬물에서 목욕하고 화장실을 갔다오면 찬물에서 목욕하고 그러니까 많이 안 잡숴. 목욕하기 싫어서. 올라가야 하니까 많이 굶어서. 어른도 깨끗한 사람이 제를 지내. 집안도 깨끗해야 그 사람이 당에 올라가. 아프거나 하면 못 올라가. 다음 해에는 깨끗한 사람이 해. 마을에서 그 사람에게 주는 것은 없어.】

# 제3장

# 장도 해녀의 삶과 언어

## 장도 해녀의 삶과 언어

조 바다에 뭐가 있어요?

박: 제주도처럼 물량도 없고 많이 고갈되어 가고 있어요. 우리가 심하게 안 해도 고갈되어 버렸어. 그것 같고 생게하기는 역부족이여, 아무것도 안 해. 우리가 생활한다고 해 봐, 그것 갖고 우리가 생게하고 여념하고 사는 것도 아니고. 옛날에는 그랬는데 지금은 온 물가가 다 비싸불고 바다의 물건은 오염되고 고갈돼 버리고 그랑께.

【제주도처럼 물량도 없고 많이 고갈되어 가고 있어요. 우리가 심하게 안 해도 고갈되어 버렸어. 그것 같고 생계를 유지하기는 역부족이야, 아무것도 안 해. 우리가 생활한다고 해 봐, 그것을 가지고 우리가 생활하고 다른 것을 생각하고 사는 것도 아니고. 옛날에는 그랬는데 지금은 모든 물가가 다 비싸고 바다의 물건은 오염되고 고갈돼 버리고 그러니까.】

조 물질하러 몇 번 나가세요?

박: 우리가 그저 좋은 날만 옛날처럼 안 다니고 많이 하문 3일, 한 달에 7~8일 할까? 파도 치문 못 나가고 조금이 딱 있어, 물 맞을 때가, 한 달에 두 번. 물 맑어야 이것을 하고 물 안 가야 해.

【우리가 그저 좋은 날만 옛날처럼 안 다니고 많이 하면 3일, 한 달에 7~8일 할까? 파도가 치면 못 나가고 조금이 딱 있어, 물이 맞을 때가, 한 달에 두 번. 물이 맑아야 물질을 하고 물이 안 가야 해.】

조 배 타고 나가세요?

박: 배 타고 나가. 여기는 마을 공동체로 하니까 마을에서 있으문 배가 서너 개가 해녀들 태우고 하루는 이 배가 가고 하루는 다른 배가 가고 의무적으로 가게 돼 있어. 마을 전체가 공동체로, 이거 해 갖고 우리 동네 일 년 경상비로 써, 마을 공금으로.

【배를 타고 나가. 여기는 마을 공동체로 하니까 마을에서 있으면 배가 서너 개가 해녀들을 태우고 하루는 이 배가 가고 하루는 다른 배가 가고 의무적으로 가게 돼 있어. 마을 전체가 공동체로, 이거 해서 우리 동네의 일 년 경상비로 써, 마을 공금으로.】

조 물질하면 모두 공금으로 쓰나요?

박: 해녀가 일대일, 우리도 숨 안 쉬고 한 거니까 공짜로 해 줄 수 없어요. 그라고 해녀가 있기 때문에 그 물건을 잡는 거지. 해녀 아니면 못 하니까. 모든 것은 다 반반.

【해녀와 마을 공동체가 일대일로 해요. 우리도 숨을 안 쉬고 하는 거니까 공짜로 해 줄 수 없어요. 그리고 해녀가 있기 때문에 그 해산물을 잡는 거지. 해녀가 아니면 못 하니까. 모든 것을 다 반반으로 해.】

조 뭐 나오나요?

박: 전복, 해삼, 성게 3개 주로 해요. 그라고 해초로 미역, 다시마하고 우묵가사리는 별로 없어. 미역, 톳 그런 것은 공동체로 해 나나 갖고 힘이 있는 사람이 해서 힘 없는 사람 보태 줘.

【전복, 해삼, 성게 3가지를 주로 해요. 그리고 해초로 미역, 다시마하고 우뭇가사리는 별로 없어. 미역, 톳 그런 것은 공동체로 해 나눠서 힘이 있는 사람이 해서 힘이 없는 사람에게 더하여 채워 줘.】

조 홍합은?

박: 홍합은 개인 채취예요. 나머지는 모두 반반씩 해요. 여기는 성게도 개인으로 해도 반 나나서 공동 공금으로 해.
【홍합은 개인 채취예요. 나머지는 모두 반반씩 해요. 여기는 성게도 개인으로 채취해도 반으로 나눠서 공동 공금으로 해.】

㊅ 제주도 해녀도 있어요?
박: 제주도 해녀는 없어. 옛날에는 물건이 많이 있었으니까 해녀들 데리고 했는데 지금은 고갈되어 갖고 제주도 해녀를 들일 수 없는 것이, 물건이 없고 그 사람들도 돈벌이가 돼야 와서 하는 거제. 돈벌이 안 되어서 안 와.
【제주도 해녀는 없어. 옛날에는 해산물이 많이 있었으니까 해녀들을 데리고 했는데 지금은 고갈되어서 제주도 해녀를 들일 수 없는 것이, 해산물이 없고 그 사람들도 돈벌이가 돼야 와서 하는 거지. 돈벌이가 안 되어서 안 와.】

㊅ 바다에 종자를 뿌리나요?
박: 뿌려요. 전복, 해삼 다 뿌려요. 여기는 해녀들 권위가 없어. 비리는 보쇼, 성게는 자기가 하는 만큼 자기 수입이잖아. 근데 장도는 안 그래. 장도는 너무나 인색해. 해녀들한테 배려하는 게 없어.
【뿌려요. 전복, 해삼을 다 뿌려요. 여기는 해녀들의 권위가 없어. 비리는 봐요. 성게는 자기가 하는 만큼 자기 수입이잖아. 그런데 장도는 안 그래. 장도는 너무나 인색해. 해녀들한테 배려하는 게 없어.】

㊅ 누가 계약하나요?
박: 마을에서, 전체에서 계약을 하기 때문에 회의하면 한두 사람으로 해서 통과가 안 돼. 옛날부터 이것이 박어져 갖고 그래. 그런 것을 딴 마을

과 비교하문 속이 상하지만 규칙에 따라가기 때문에 어쩔 수 없어요. 마리는? 심리도 공동체여. 그란데 장도하고 심리만 공동체여. 바다를 못 팔아. 마을에서 챙기니까. 개인이 바다를 사면은 바닷갑을 빼고 나머지는 개인이 먹으요. 이 마을에서는 안 그래요. 다 공금으로 들어가요. 해녀가 개인으로 바다를 사문 손해가 나. 이익금을 그 사람이 가져가 버리니까. 바다 파니까 어쩔 수 없어. 그건 산 사람 권리여.

【마을에서, 전체에서 계약을 하기 때문에 회의하면 한두 사람으로 해서 통과가 안 돼. 옛날부터 이것이 고정돼서 그래. 그런 것을 다른 마을과 비교하면 속이 상하지만 규칙에 따라가기 때문에 어쩔 수 없어요. 마리는? 심리도 공동체야. 그런데 장도하고 심리만 공동체야. 바다를 못 팔아. 마을에서 챙기니까. 개인이 바다를 사면 바닷값을 빼고 나머지는 개인이 먹어요. 이 마을에서는 안 그래요. 다 공금으로 들어가요. 해녀가 개인으로 바다를 사면 손해가 나요. 이익금을 그 사람이 가져가 버리니까. 바다를 파니까 어쩔 수 없어. 그건 산 사람의 권리야.】

조 여기서 태어나셨어요?

박: 예, 부모님도 장도에서 태어나셨어. 지금 생활하고 있는 사람들은.

【예, 부모님도 장도에서 태어나셨어. 지금 생활하고 있는 사람들은.】

조 연세가 어떻게 되세요?

박: 육십 팔이요. 나는 동네 대표 일을 좀 봤고.

【육십 팔이요. 나는 동네 대표 일을 좀 봤고.】

조 물질하는 해녀 교육이 있었나요?

박: 그런 거는 없어요. 자연적으로 우리가 바닷가니까 가서 미역 같은 거 뜯으문 자연적으로 되었제. 우리가 교육을 받은 거는 없어. 한 스물 살

때부터인지 이 전북을 시작했어.

【그런 거는 없어요. 자연적으로 우리가 바닷가니까 가서 미역 같은 거 뜯으면 자연적으로 되었지. 우리가 교육을 받은 거는 없어. 한 스무 살 때부터인지 이 전복을 시작했어.】

조 학교가 있나요?

박: 여기 장도에 초등학교가 있어. 그때는 인구가 많이 살았죠. 어렸을 때는. 지금은 많이 나가고 식구들이 적제.

【여기 장도에 초등학교가 있어. 그때는 인구가 많이 살았죠. 어렸을 때는. 지금은 많이 나가고 식구들이 적지.】

조 중학교는 어떻게?

박: 본도에 가요.

【본도 흑산도에 가요.】

조 결혼은 언제 하셨어요?

박: 결혼요, 스무 살 때 했죠. 옛날인께. 자녀는 3명이다. 바깥어른은 질병으로 돌아가셨제라. 그때는 도와줬죠. 물질 할 때 나는 나 나름대로 하고 자기는 자기 사업을 하니까 자기대로 하고 서로가 기대를 한다든가 도와준다든가 그런 게 없어요.

【결혼요, 스무 살 때 했죠. 옛날이니까. 자녀는 3명이다. 바깥어른은 질병으로 돌아가셨지라. 그때는 도와줬죠. 물질을 할 때 나는 나 나름대로 하고 자기는 자기 사업을 하니까 자기대로 하고 서로가 기대를 한다든가 도와준다든가 그런 게 없었어요.】

조 아이 낳을 때 도와주는 사람이 있나요?

박: 자연분만하기도 하고 병원에 가서, 목포 가서 분만하기도 하고.
【자연분만을 하기도 하고 병원에 가서, 목포에 가서 분만을 하기도 하고.】

조 남편은 무슨 일을 하셨어요?

박: 배 사업. 상선도 하고 고기 잡어 운반도 하고 인자 고기 주낙[1] 땡기는 것도 하고.
【배 사업. 상선도 하고 고기를 잡아 운반도 하고 이제 고기를 주낙으로 잡는 것도 하고.】

조 홍어도 잡어요?

박: 여기는 안 잡고 본도에 딱 지정이 돼 있습니다. 흑산도에 채취할 수 있는 배들이 멫 척 지정되어 있어. 그분들이 하고, 국가에서 쪼끔 보조금도 주고. 홍어는. 예리에서 잡아요. 바다는 멀리 나가고. 톤수 제한은 있어. 내가 10톤 했으면 나는 안 해도 2번, 3번이 해. 그라고 산란기가 있어서 그때는 채취를 안 하고.
【여기는 안 잡고 본도에 딱 지정이 돼 있습니다. 흑산도에서 채취할 수 있는 배들이 몇 척 지정되어 있어. 그분들이 하고, 국가에서 조금 보조금도 주고. 홍어는. 예리에서 잡아요. 바다는 멀리 나가고. 톤수 제한은 있어. 내가 10톤을 했으면 나는 안 해도 2번, 3번이 해. 그리고 산란기가 있어서 그때는 채취를 안 하고.】

조 형제분도 여기 있어요?

---

1 물고기를 잡는 기구의 하나로 긴 낚싯줄에 여러 개의 낚시를 달아 물속에 늘어뜨려 고기를 잡는다.

박: 아니요, 다 나갔어. 우리만 있고 형제간은 아무도 없어. 1남 4녀인데 다 육지에서 살어. 우리만 여기에 묶여져 있죠. 여기서 살어도 반은 목포서 생활을 하제. 목포에 집들이 있죠. 일이 없으문 나가고 또 일 있으문 와서 하고 돈벌이하고. 생게께 바다에 나가야 한 푼이라도 생기제, 육지 가 봤자 아무 기술도 없고 직장도 없고 그랑께 생게는 잘은 못 살아도 여기서 생게를 해.

【아니요, 다 나갔어. 우리만 있고 형제간은 아무도 없어. 1남 4녀인데 다 육지에서 살아. 우리만 여기에 머물러 있죠. 여기에서 살아도 반은 목포에서 생활을 하지. 목포에 집들이 있죠. 일이 없으면 장도에서 나가고 또 일이 있으면 와서 하고 돈벌이를 하고. 생계니까 바다에 나가야 한 푼이라도 생기지, 육지에 가 봤자 아무 기술도 없고 직장도 없고 그러니까 생계는 잘은 못 살아도 여기에서 생계를 유지해.】

㉠ 부모님도 해녀이셨어요?

박: 해녀는 아니고 평범한 엄마들이었어. 해녀들이 쪼끔씩 있었는데 저만 해녀였어요. 옛날에는 잠수복도 안 입고 어렸을 때는 나잠 입고 했어. 그 후로 잠수복이 나와 갖고 했어.

【해녀는 아니고 평범한 엄마들이었어. 해녀들이 조금씩 있었는데 저만 해녀였어요. 옛날에는 잠수복도 안 입고 어렸을 때는 나잠을 입고 했어. 그 후로 잠수복이 나와서 했어.】

㉠ 장비는 얼마나 들어요?

박: 해녀복은 30만 원 정도이고 다 장만하려면 사십몇만 원 가져야 해.

【해녀복은 30만 원 정도이고 다 장만하려면 사십몇만 원 내야 해.】

㉠ 남편은 어떻게 만나셨어요?

박: 연애 했제. 남편도 장도 사람이여. 글 안 했으문 육지로 나갔지요.
【연애를 했지. 남편도 장도 사람이야. 결혼을 안 했으면 육지로 나갔지요.】

조 중매하시는 분이 있나요?
박: 이를테면 친척, 친척을 한다든가 하지.
【이를테면 친척, 친척을 소개한다는가 하지.】

조 결혼은 어떻게 했어요?
박: 목포 가서 예식 했어. 드레스 입고. 목포 가서 결혼식 하고 장도로 왔어.
【목포에 가서 예식을 했어. 드레스를 입고. 목포에 가서 결혼식을 하고 장도로 왔어.】

조 잔치도 해요?
박: 잔치는 마을 와서 하고. 그때는 마을 회관이 없었어. 그랑께 우리 집에서 하고 동네 사람들 오라고 하고 술 한 잔씩 드리고. 사진도 목포에서 찍어요.
【잔치는 마을에 와서 하고. 그때는 마을 회관이 없었어. 그러니까 우리 집에서 하고 동네 사람들을 오라고 하고 술 한 잔씩 드리고. 사진도 목포에서 찍어요.】

조 결혼할 때 예물은?
박: 그냥 보통 반지하고 시계 그런 거.
【그냥 보통 반지하고 시계 그런 것을 해.】

조 결혼하면 남자 집에서 가져오는 것이 있나요?

박: 그런 거는 대부분 생략이 됐죠. 집 같은 거는 시골 부모님이 사 준다든가 그라고 시댁에서 쪼금 살다가 분가해서 나오고.
【그런 거는 대부분 생략이 됐죠. 집 같은 거는 시골 부모님이 사 준다든가 그러고 시댁에서 조금 살다가 분가해서 나오고.】

조 집이 있으면 한 짓을 주나요?
박: 이포를 들어야 해. 여기서 생활을 하고 시댁에 살문 그것을 들 수 없고 인자 내 개인별로 나오문 집이 있으문 여기 동네에다 자금 얼마 주고 우리가 얼른 말하문 입점이 되는 거제. 해초나 전복을 할 수 있는 권리가 주어져요. 이포를 들문. 그 때는 생활 여건이 좋았어요. 바다에서 나는 게 좋았어요.
【이포를 들어야 해. 여기에서 생활을 하고 시댁에 살면 그것을 들 수 없고 이제 내 개인별로 나오면 집이 있으면 여기 동네에다 자금을 얼마 주고 우리가 얼른 말하면 입점이 되는 거지. 해초나 전복을 할 수 있는 권리가 주어져요. 이포를 들면. 그때는 생활 여건이 좋았어요. 바다에서 나는 게 좋았어요.】

조 신랑상, 신부상이 있나요?
박: 결혼식 할 때 있죠! 이렇게 상 놓고 여그서 잡은 고기도 있지만 돼지고기 등등으로 해 놓고 모든 주민들 주고 신랑, 각시는 손님상 차려 놓듯이 하지. 생선, 떡, 전, 나물 종류 그런 거. 나물은 보통 고사리, 더덕 같은 거. 그때는 여그 산더덕이 많었었어요. 지금은 나무가 엉성해[2] 갖고 밭에서 키우제.
【결혼식을 할 때 있죠! 이렇게 상을 놓고 여기서 잡은 고기도 있지만

2 빽빽하지 못하고 성기다는 뜻이다.

돼지고기 등등으로 해 놓고 모든 주민들에게 주고 신랑, 각시는 손님상을 차려 놓듯이 하지. 생선, 떡, 전, 나물 종류 그런 거. 나물은 보통 고사리, 더덕 같은 거. 그때는 여기 산더덕이 많았었어요. 지금은 나무가 엉성해서 밭에서 키웠지.】

조 떡도 있어요?
박: 떡은 시루떡 같은 거 해요.
【떡은 시루떡 같은 것을 해요.】

조 부조는?
박: 축의금은 다 돈으로 해요.
【축의금은 다 돈으로 해요.】

조 결혼식 때 먹는 국이 있나요?
박: 쇠고기 미역국.
【쇠고기 미역국.】

조 쌀밥도 드셨나요?
박: 그때는 다 색다른 결혼식에는 쌀밥으로 했어요. 평상시에는 보리밥 썩어진 거. 반반으로 해.
【그때는 다 색다른 결혼식에는 쌀밥으로 했어요. 평상시에는 보리밥이 섞어진 거. 반반으로 해.】

조 보리 농사도 해요?
박: 그때 당시에는 했제. 쪼끔씩 해도 지금은 없지. 육지에서 사 와. 비싸도 묵고 살아야제.

【그때 당시에는 했지. 조금씩 해도 지금은 없지. 육지에서 사 와. 비싸도 먹고 살아야지.】

조 결혼식 때 가져오는 것이 있어요?

박: 우리는 현대식으로 했어요. 그때만 해도 우리 동네는 현대를 많이 따라온 거예요. 쪼끔 개방을 했다고 보지.

【우리는 현대식으로 했어요. 그때만 해도 우리 동네는 현대를 많이 따라온 거예요. 조금 개방을 했다고 보지.】

조 친구들이 남편 발 때리는 것도 하셨어요?

박: 우리 시절에도 그런 것이 좀 있었어요. 친구들이 와서 발 묶고 때렸어요. 우리가 칠십인데 그때도 현대식으로 따라 왔었지.

【우리 시절에도 그런 것이 좀 있었어요. 친구들이 와서 발을 묶고 때렸어요. 우리가 칠십인데 그때도 현대식으로 따라 했었지.】

조 집은 어떻게 장만하셨어요?

박: 그냥 여기 산 방식대로 그라고 살았어요. 어머니, 아버지가 시댁에 가면 따로 집을 지어 주던가 사주던가, 그리 이사를 가 갖고, 인자 따로 신혼부부가 살아요.

【그냥 여기에서 사는 방식대로 그러고 살았어요. 어머니, 아버지가 시댁에 가면 따로 집을 지어 주던가 사주던가, 그리 이사를 가서, 이제 따로 신혼부부로 살아요.】

조 집을 지어요?

박: 네. 집을 짓으지요. 그때 당시는 동네 주민들이 공동으로 일을 많이 해줬어. 울력[3]으로 다 도와줬어.

【네. 집을 짓지요. 그때 당시는 동네 주민들이 공동으로 일을 많이 해줬어. 여러 사람이 힘을 합하여 다 도와줬어.】

조 물질 안 할 때는 어떻게 생활하셨어요?
박: 그때는 부업이 없었어요. 다 물질하고 나머지 공간은 쉬고. 그때는 많아서 생활이 됐어요.
【그때는 부업이 없었어요. 다 물질하고 나머지 시간은 쉬고. 그때는 해산물이 많아서 생활이 됐어요.】

조 살림살이는 어떻게 장만하셨어요?
박: 물질해서 장만했어요.
【물질해서 장만했어요.】

조 태몽도 꾸셨어요?
박: 인자 우리 애들, 자식들을 키울 때, 그때는 태몽도 꿈을 꿨지요. 우리가 엄마가 돼 갖고 장남 꿈 꿨을 때가 생생해요. 그때는 태몽 꿈인지 몰랐는데 꿈 애기를 하문 그것이 태몽 꿈이라고 하더라고요. 저 같은 경우에는 하늘에서 군인이 내려 갖고 지금 생각항께 싸인을 한 거예요. 그 군인하고 애기를 했고 도로 독수리 같은 거를 타고 올라가 버리더라고요. 그래서 높은 산 있는 데서. 그런 꿈 애기를 하문 그게 태몽 꿈이라고 그러더라고요. 참 좋은 꿈이었는데 자녀가 그에 미치지 못항께, 아! 이런 부분이 있구나.
【이제 우리 아이들, 자식들을 키울 때, 그때는 태몽도 꿈도 꿨지요. 우리가 엄마가 돼서 장남 꿈을 꿨을 때가 생생해요. 그때는 태몽 꿈인지

---

3 여러 사람이 힘을 합하여 일하거나 그런 힘을 뜻한다.

몰랐는데 꿈 이야기를 하면 그것이 태몽 꿈이라고 하더라고요. 저 같은 경우에는 하늘에서 군인이 내려와서 지금 생각하니까 사인을 한 거예요. 그 군인하고 이야기를 했고 다시 독수리 같은 것을 타고 올라가 버리더라고요. 그래서 높은 산이 있는 데에서. 그런 꿈 이야기를 하면 그게 태몽 꿈이라고 그러더라고요. 참 좋은 꿈이었는데 자녀가 그에 미치지 못하니까, 아! 이런 부분이 있구나 생각했어요.】

조 입덧도 했어요?

박: 사람마다 다 틀리기는 하지만 다 입덧을 하죠. 음식을 잘 못 묵고 맨날 토하고 먹으문 속이 부까리고 그랑께.

【사람마다 다 다르기는 하지만 다 입덧을 하죠. 음식을 잘 못 먹고 매일 토하고 먹으면 속이 거북하고 그러니까.】

조 아이 낳고 뭐 먹어요?

박: 쌀바바고 미역구가고 김치 주로 그런 거. 생선. 한 3주간 먹어요.

【쌀밥하고 미역국하고 김치 주로 그런 거. 생선. 한 3주간 먹어요.】

조 아이 낳을 때 누가 도와줘요?

박: 친정 엄마가 도와줘요. 그때에는 도와주는 사람이 없어요. 친척들이 도와주고.

【친정 엄마가 도와줘요. 그때에는 도와주는 사람이 없어요. 친척들이 도와주고.】

조 제사는 어떻게 지내세요?

박: 제사는 보통 열 시경에나 집안 방식대로 하제.

【제사는 보통 열 시경에나 집안 방식대로 하지.】

㉣ 빚 내서 생활도 하셨어요?

박: 그런 생활도 있었지. 말하자문 미역 같은 거 채취해 갖고 빚도 갚을 수 있고.

【그런 생활도 있었지. 말하자면 미역 같은 거 채취해서 빚도 갚을 수 있고.】

㉣ 시집살이도 하셨어요?

박: 생활방식이 다르니까 시댁 가문 애로사항이 있었제. 자기 수준에 맞춰 갖고 하니까 우리는 따라갈라문 좀 거북스럽고 불편한 부분이 많이 있었제. 그때 당시에는. 지금 생각해 보문 잔소리 같은데 하는 말 또 해 갖고 하라고 시키는 거. 내가 어렵고 내가 살던, 길들여진 아닌 남의 집에 갔는데 얼마나 불편하겄소. 그런 것이 다 시집살이제. 정신적으로 고통 받는 게.

【생활방식이 다르니까 시댁 가면 애로사항이 있었지. 자기 수준에 맞춰서 하니까 우리는 따라가려면 좀 거북스럽고 불편한 부분이 많이 있었지. 그때 당시에는. 지금 생각해 보면 잔소리 같은데 하는 말을 또 해서 하라고 시키는 거. 내가 어렵고 내가 살던, 익숙한 곳이 아닌 남의 집에 갔는데 얼마나 불편하겠소. 그런 것이 다 시집살이지. 정신적으로 고통을 받는 게.】

㉣ 이게 뭐예요?

박: 이게 거북손[4]이라고 맛이 좀 특이해 갖고 어제 작업을 갔응께 해 갖고 왔거든요.

---

4 거북의 다리처럼 생긴 머리와 자루 부분은 석회판으로 덮여 있다. 바닷가의 바위 틈에 떼 지어 산다.

【이게 거북손이라고 맛이 좀 특이해서 어제 작업을 갔으니까 해서 왔거든요.】

조 물질 잘하는 해녀를 뭐라고 해요?
박: 상군이라고.[5]
【상군이라고 해요.】

조 처음 배우는 해녀는?
박: 초보라고.
【초보라고 해요.】

조 장도 앞바다는 어떻게 돼 있어요?
박: 자갈, 모래, 바위로 돼 있어요.
【자갈, 모래, 바위로 돼 있어요.】

조 물결이 잔잔한 바다를 뭐라고 해요?
박: '잔잔하다'라고 해. 파도가 높을 때는 '사납다'라고 해.
【'잔잔하다'라고 해. 파도가 높을 때는 '사납다'라고 해.】

조 해삼도 나와요?
박: 해삼은 유월 달에.
【해삼은 유월에.】

조 톳은?

---

5 장도에서 물질을 잘하는 해녀를 '상잠수'라고도 부른다.

박: 톳은 있고 우묵가사리는 소수에 불과해요. 톳은 여기서 해서 상인이 와서 다 팔아요. 여그는 다 안 먹어요. 다 팔고. 가끔씩 요리해서 먹기도 하고. 다 팔죠.
【톳은 있고 우뭇가사리는 소수에 불과해요. 톳은 여기에서 해서 상인이 오면 다 팔아요. 여기는 톳을 다 안 먹어요. 다 팔고. 가끔씩 요리해서 먹기도 하고. 다 팔죠.】

조 조금, 사리는?
박: 한 달에 두 번 초에 있고 중간에 있고 조수표를 다 알아요. 서로가 다 알아서 시간 때도 알고 물 빠지문 오늘 멫 미터 내레가문 우리가 갈 시간 됐구나 하고 선창으로 다 모여.
【한 달에 두 번 초에 있고 중간에 있고 조수표를 다 알아요. 서로가 다 알아서 시간 때도 알고 물이 빠지면 오늘 몇 미터 내려가면 우리가 갈 시간이 됐구나 하고 선창으로 다 모여.】

조 물질은 언제 하나요?
박: 물때 따라서 오전에 갈 때도 있고 오후에 갈 때도 있고 보통 4시간 작업해요. 물이 일칙 빠지문 일칙 가고 늦게 빠지문 늦게 가고. 한 시간씩 늦어져요. 오늘은 9시에 간다문 내일은 10시에 가고 모레는 11시에 가고 그런 식으로.
【물때에 따라서 오전에 갈 때도 있고 오후에 갈 때도 있고 보통 4시간 작업해요. 물이 일찍 빠지면 일찍 가고 늦게 빠지면 늦게 가고. 한 시간씩 늦어져요. 오늘은 9시에 간다면 내일은 10시에 가고 모레는 11시에 가고 그런 식으로.】

조 물때 부르는 말이 있어요?

박: 조금, 사리 하듯끼 한물, 두물 나가요. 우리가 보통 마지막 조금부터 한 세물까지 인자 채취해. 항상.
【조금, 사리 하듯이 한물, 두물 나가요. 우리가 보통 마지막 조금부터 한 세물까지 이제 채취해. 항상.】

조 잠뱅이 입을 때 불 피웠어요?
박: 옛날에 우리 어렸을 때는 그렇게 했어요. 그게 잠수복이었제. 나잠. 배에서 화덕을 만들어 갖고 불 피었어요. 나무는 선장이 가져와.
【옛날에 우리 어렸을 때는 그렇게 했어요. 그게 잠수복이었지. 나잠. 배에서 화덕을 만들어서 불을 피웠어요. 나무는 선장이 가져와.】

조 식사는?
박: 집에서 먹고 가기 때문에 인자 끝나야 집에 와 먹어. 중간에 안 먹어. 그런 거를 묵으문 우리는 부담스러워. 우리는 4시간이니까 그거 먹을 시간도 없고 또 먹어서는 안 되고. 잠수 일 하러 갈 때는 우리가 평소에 묵는 양보다 소량으로 묵죠.
【집에서 먹고 가기 때문에 이제 끝나야 집에 와서 먹어. 중간에 안 먹어. 그런 것을 먹으면 우리는 부담스러워. 우리는 4시간이니까 그것 먹을 시간도 없고 또 먹어서는 안 되고. 잠수 일을 하러 갈 때는 우리가 평소에 먹는 양보다 소량으로 먹죠.】

조 물에 나와서 호흡하는 것을 뭐라고 해요?
박: 인자 숨이 제일 가펐을[6] 때 숨을 내쉬는 건데 이것을 '휘께소리'라고

6 숨이 몹시 차다는 뜻으로 전남 방언에서 '가뿌다, 가프다, 가푸다'로 나타난다. 15세기 'ᄀᆞᆺᄇᆞ다'에서 왔다.

해. 물속에 들어가문 숨을 바다에 나올 때까지 숨을 참아야 돼.
【이제 숨이 제일 가빴을 때 숨을 내쉬는 건데 이것을 '휘께소리'라고 해. 물속에 들어가면 숨을 바다에 나올 때까지 숨을 참아야 돼.】

조 예전에 물적삼 입고 하셨어요?
박: 예, 지금은 다 잠수복 입고 하제. 오리발도 하고. 옛날에는 수건 만들어서 머리 안 펄럭이게, 딱 만들어서 하고 다녔지라.
【예, 지금은 다 잠수복을 입고 하지. 오리발도 하고. 옛날에는 수건을 만들어서 머리가 안 펄럭이게, 딱 만들어서 하고 다녔지라.】

조 허리에 납도 차요?
박: 잠수복이 스폰지기 때문에 가라앉으라고 한 3키로씩 매달아 바다 속에 들아가제. 그거 안 하문 떠 갖고 허지도 못하고.
【잠수복이 스펀지이기 때문에 가라앉으라고 한 3킬로그램씩 매달아 바다 속에 들어가지. 그거 안 하면 떠서 하지도 못하고.】

조 납은 만들어요?
박: 여기서 만들어요. 납을 사 가지고 와서. 우리가 직접 만들어요.
【여기서 만들어요. 납을 사 가지고 와서. 우리가 직접 만들어요.】

조 귀마개도 해요?
박: 예, 물 들어가니까 껌 같은 거로 해요. 지금은 기마개 사다가 해요.
【예, 물이 들어가니까 껌 같은 거로 해요. 지금은 귀마개를 사다가 해요.】

조 수경은?

박: 우리가 할 때는 큰 거로 했어요.

【우리가 할 때는 큰 거로 했어요.】

조 물질 할 때 뭐 가지고 가세요?

박: 창삽 말하자문 빈창이라고 우리 도구가 빈창하고 홍서리, 홍서리도 옛날에는 크게 만들어 갖고 지금은 속에다 쪼끔하게 만들어 갖고, 오리발 등등을 챙겨 갖고 가서 하죠.

【창삽 말하자면 빗창이라고 우리 도구가 빗창하고 망사리, 망사리도 옛날에는 크게 만들어서 지금은 속에다 조그마하게 만들어서, 오리발 등등을 챙겨가서 하죠.】

조 갈퀴는?

박: 갈퀴[7]는 성게 잡을 때, 쪽박 만들어 갖고 그물로 만들어 갖고 쎄팅해 갖고 갈퀴 그것은 갖고 가제. 막 까시가 많기 때문에. 가꼬리는 제주도에서 사 오죠. 그리고 군에다가 해녀 7명 등록해 놓죠. 지금 현재 장도는.

【갈고리는 성게를 잡을 때, 쪽박을 만들어서 그물로 만들어서 준비하고 갈고리는 가지고 가지. 막 가시가 많기 때문에. 갈고리는 제주도에서 사 오죠. 그리고 군에다 해녀 7명을 등록해 놓죠. 지금 현재 장도는.】

조 작살은 쓰나요?

박: 우리는 그런 거는 안 써요. 고기 같은 거 못 잡으니까.

【우리는 그런 거는 안 써요. 고기 같은 것을 못 잡으니까.】

7 '갈고리'의 방언으로 '까꼬리'라고도 부른다. 끝이 뾰족하고 꼬부라진 물건이다. 흔히 쇠로 만들어 물건을 걸고 끌어당기는 데 쓴다.

조 닻줄도 있나요?

박: 닻줄은 인자 두룸박을 고정시킬 때 사용하는 거예요. 얼로 떠밀려 가거나 물쌀이, 바람이 불면 안 가게. 닻줄에다가 그물을 떠서 돌멩이를 그 속에 넣죠. 고정시켜 나. 물쌀에 휘날려 가버리니까.
【닻줄은 이제 테왁을 고정시킬 때 사용하는 거예요. 어디로 떠밀려 가거나 물살이, 바람이 불면 안 가게. 닻줄에다가 그물을 떠서 돌멩이를 그 속에 넣죠. 고정시켜 놓아. 물살에 휘날려 가버리니까.】

조 두룸박은 뭐로 만들어요?

박: 옛날에는 박으로 해서 사용하고 또 양철로 만들아서 그런데 물 들어가서 많이 망그러지니까 그 뒤로 언젠가부터 스츠로포 나와서 그걸 공으로 해서 딱 해서 갖고 다니죠. 보자기 같은 거로 씨워서 항상 그렇게 준비해서 다녀요.
【옛날에는 박으로 해서 사용하고 또 양철로 만들어서 했어. 그런데 물이 들어가서 많이 망가지니까 그 뒤로 언젠가부터 스티로폼이 나와서 그걸 공으로 해서 딱 해서 다니죠. 보자기 같은 거로 씌워서 항상 그렇게 준비해서 다녀요.】

조 주로 나오는 것은?

박: 미역, 톳, 가사리, 가사리라고 이 시기적으로 하는 게 우리가 다듬거든요. 가사리 있고 세모[8], 세모라고 그 텔레비에서 뭐라고 나오더라, 그거로 모든 것을 다 해서 상인이 들어와서 인자 판매를 하는 거고 톳도 여러 가지 등등으로 해서 일본으로 수출합니다. 메생이[9] 있고 파래[10]

---

8 홍조류로 불등풀가사리와 비슷한데 높이는 5~15cm이고 원기둥 모양으로 규칙적으로 가지를 뻗으며, 어두운 자주색을 띤다. 풀, 직물, 공예품의 원료로 쓴다. 한국의 동해안과 남해안에 분포한다.

있고 김하고 자연산 돌김하고. 소라는 없어요. 우리가 먹은 정도만 있어요. 군벗 있고 이것을 거북손이라고 하고 저기 배말. 우리가 주로 전북하고 해삼하고 성게하고 그 다음은 미역, 다시마. 다시마가 여가 많이 나. 다시마하고 톳, 매상이 괜찮아요.

【미역, 톳, 우뭇가사리, 우뭇가사리라고 이 시기적으로 하는 게 우리가 다듬거든요. 우뭇가사리가 있고 풀가사리, 풀가사리라고 그 텔레비전에 뭐라고 나오더라, 그거로 모든 것을 다 해서 상인이 들어와서 이제 판매를 하는 것이고 톳도 여러 가지 등등으로 해서 일본으로 수출합디다. 매생이가 있고 파래가 있고 김하고 자연산 돌김하고. 소라는 없어요. 우리는 먹는 정도만 있어요. 딱지조개가 있고 이것을 거북손이라고 하고 저것이 삿갓조개. 우리가 주로 전복하고 해삼하고 성게하고 그 다음은 미역, 다시마. 다시마가 여기에서 많이 나와. 다시마하고 톳의 매상이 괜찮아요.】

㉰ 성게는 몇 월에 잡아요?

박: 우리가 유월 달에 할 겁니다. 게는 우리가 잡아다가 집에서 해 먹어요. 게는 있는 편이에요. 독게가 있어요. 그거 갖다가 젓 담어 먹고 된장국 낋일 때 넣으면 맛있어요.

【우리가 유월에 할 겁니다. 게는 우리가 잡아다가 집에서 해 먹어요. 게는 있는 편이에요. 돌게가 있어요. 그것을 가져다가 젓을 담아 먹고 된장국을 끓일 때 넣으면 맛있어요.】

---

9 녹조류 매생잇과의 해조(海藻)로 대롱 모양이고 가지는 없으며, 길이는 15cm 정도, 굵기는 0.2~0.5cm이다. 창자파래의 어린 개체와 비슷하나 더 부드럽고 단맛이 있고 식용한다.

10 식용할 수 있는 참홑파래 따위를 일상적으로 이르는 말로 '퍼래, 포래, 포리'라고도 부른다.

조 물질하다가 생선도 잡아요?

박: 어쩌다가 광어도 보여요. 그런데 우리 힘이 딸려서 못 잡응께 보기만 하고 못 잡어. 그거 힘이 좋아 갖고 우리가 빈창으로 한:데 그게 잘 안 들어가요. 쫌 적은 거는 할 수 있고 큰 거는 못 하고.

【어쩌다가 광어도 보여요. 그런데 우리는 힘이 부족해서 못 잡으니까 보기만 하고 못 잡아. 그것이 힘이 좋아서 우리가 빗창으로 찌르는데 그게 잘 안 들어가요. 좀 적은 것은 할 수 있고 큰 거는 못 하고.】

## 해녀들이 사용하는 관용표현*

▣ 무레 나간다: 바다로 잠수하여 해산물을 채취하는 물질을 말한다.

▣ 잠질: 무레꾼이 물속으로 들어가 해산물을 채취하는 일을 말한다.

▣ 산가람 본다: 주변의 산과 바위, 또는 골짜기 등을 미리 숙지해 놓았다가 위치를 파악하는 것을 말한다.

▣ 뒷미역 놓아버린다: 개별적으로 가서 미역을 채취할 수 있게 허락하는 것을 말한다.

▣ 바닥 터 버린다: 개인별로 채취해 갈 수 있도록 허락하는 것을 말한다.

▣ 미역 터 분다: 공동으로 미역을 채취하고 나면 마을 주민들 누구나 아무 때나 미역을 채취해 갈 수 있도록 하는 것을 말한다.

▣ 애짓 준다: 한 명만 나온 집에게 반몫을 주는 것을 말한다. 보통 2명씩 한다.

▣ 손사레(손사리) 하다: 미역을 많이 딴 해녀나 해남들에게 미역을 한 사람 몫인 한 짓을 주고 그에 더해 한 조락(대바구니)을 더 주는 것을 말한다.

▣ 앳소리 하다: 사람들에게 미역을 하러 가자고 육성으로 소리 질러 말하는 것을 말한다.

▣ 사리 때는 물이 엎어져 분다: 사리 무렵 바닷물이 많이 빠지고 많이 드는 시기라 물이 흐리고 조류가 세서 작업을 못하는 경우를 말한다.

▣ 간물 때 나가서 들물 때 들어 온다: 썰물이 시작될 때 바다에 나가서 밀물 때 들어오는 것을 말한다.

---

* 이 표현들은 문화재청과 민족문화유산연구원에서 출판한 ≪전남 해녀 생애사와 해녀문화≫에서 발췌한 내용과 현장 조사에서 채록한 내용을 정리한 것이다.

## 참고문헌

문화재청·(재)민족문화유산연구원(2017), ≪전남 해녀 생애사와 해녀문화－흑산도 자생 해녀－≫, 세인CP디자인.
이기갑(2003), ≪국어방언문법≫, 태학사.
이기갑·고광모·기세관·정제문·송하진(1998), ≪전남방언사전≫, 태학사.
이돈주(1978), ≪전남 방언≫, 형설출판사.
한국정신문화연구원(1991), ≪한국방언자료집Ⅵ 전라남도편≫, 한국정신문화연구원.

### 사전

국립국어원 표준국어대사전 https://stdict.korean.go.kr
우리말샘 국립국어원 https://opendict.korean.go.kr

# 제2부 연구편

## 신안군 해녀의 언어 연구와<br>흑산도지역어 연구

# 신안군 해녀 언어의 문법적 연구

## 1. 서론

해녀란 물안경을 쓰고 맨몸으로 바다에 들어가 해산물을 채취하는 여성을 가리키는데, 이들이 하는 일을 '물질'이라고 한다. 해녀의 물질과 잠수굿, 노동요인 해녀노래와 같은 제주도 해녀문화의 중요성이 세계적으로 인정받아 2016년 12월에 유네스코 인류무형문화유산에 등재되었다. 그리고 2017년 5월에는 국가무형문화재로 지정되었다.

이처럼 해녀문화에 대한 가치를 인정하여 등재되거나 지정되고 있으나 이는 제주 해녀에 국한된다. 이성훈(2003)을 보면, 제주도 해녀가 동쪽으로는 강원도까지 진출하였고 강성복(2012)에 따르면, 서쪽으로는 충남까지 진출했음을 알 수 있다. 제주 해녀들이 출향하여 다른 지역으로 진출하였으므로 해녀 관련 연구가 제주도 해녀나 제주도 출신 해녀에 대한 연구가 주를 이루었다는 것은 당연한 결과라고 볼 수 있다. 그러나 해녀 관련 연구의 확장을 위해서는 다른 지역의 해녀 연구도 병행되어야 할 것이다.

전남의 해녀에 대한 연구는 제주도 해녀 연구에 비해 절대적으로 부족하다. 전남 해녀 중에서 신안군의 해녀는 다른 지역과 달리 자생 해녀가 있었다. 신안군 흑산도의 경우에 제주출신의 해녀와 지방출신 해녀가 있었다. 제주출신의 해녀는 일제 시대 때부터 흑산 해역에서 활동을 했는데 전주(錢主)와 계약을 하고 흑산도에 와서 작업을 하였다. 지방출신 해녀는 1960년대 이후 전복 등의 양식어업이 성행하면서 그 수가 늘어나게 되었는데 제주출신 해녀에게 교육을 받은 것은 아니라 스스로 물질을 익혔고 숙련된 해녀들이 어린 해녀들을 자체 교육하기도 하였다. 이처럼 전남 해녀는 제주도 해녀와 다른 부분이 있으므로 해녀 연구의 확장을 위해 조사 연구가 이루어져야 한다.

전남 지역의 해녀에 대한 선행연구를 살펴보면, 신안군과 관련된 연구로 조경만(1988)의 흑산도 진리의 해녀 연구, 이유리(2012, 2013)의 가거도와 만재도의 마을공동체와 해녀 연구, 고광민(2012)의 흑산군도 잠질꾼들의 운반기술과 도구 연구, 송기태(2015)의 신안과 완도의 무레꾼(해녀)의 정체성과 어로활동에 대한 연구가 있다. 그리고 문화재청·민족문화유산연구원(2017)의 전남 해녀 생애사와 해녀문화에 대한 연구가 있다. 완도군과 관련된 연구로 고광민(1992)의 평일도 해녀의 어로조직과 기술 연구, 곽유석(1991)의 청산도 해녀의 도구와 해초채취 연구, 이경아(1997)의 신지도 패류 채취와 기술 연구가 있다. 여수시와 관련된 연구로 최지훈(2010)의 초도의 마을어업 연구, 김은정·김초영(2011)의 초도 해녀의 복식 연구가 있다. 전남 서남해 지역을 대상으로 한 연구로 박종오(2015)는 서남해 지역 해녀의 어로 기술 습득 방법과 어로 환경 적응 양상을, 문옥희·이아승(2013)의 여수·신안·완도·고흥 지역 해녀의 실태연구, 국립무형유산원(2015)의 서남해 해녀 연구가 있다.

선행 연구들이 민속학적 관점에서 해녀의 해산물 채취 방법과 기술, 마을 어업과의 관계 등을 논의하는 연구가 대부분이고 언어학적 관점에서 해녀를 연구한 논의는 없다.

전남 지역의 해녀 현황은 문옥희·이아승(2013)에서 전남 지역 해녀 실태조사에서 파악했는데 2013년 기준으로 신안, 완도, 여수, 고흥에서 354명의 해녀가 활동하고 있다고 한다. 그러나 2014년도 전남 지역 시·군 해양수산과에서 제공한 자료에 의하면 전남 지역 해녀 수는 약 408명으로 파악되지만 박종오(2015: 129)에 의하면 2014년도를 기준으로 약 320여 명 정도가 나잠어업에 종사하는 것으로 추정하고 있다고 한다. 자료마다 해녀 수가 다른 이유는 신고를 하지 않은 사람들도 있고, 나잠어업이 아니라 맨손어업으로 신고한 경우도 있을 것이다. 2015년 신안군청 해양수산과 자료에 의하면 나잠어업으로 신고한 경우는 36건으로 흑산도가 34건, 압해도가 2건이다. 이 조사가 해녀의 수를 정확하게 알려주는 것은 아니므로 정확한 현황 조사가 필요하겠다. 신안군의 해녀 연구를 위해 먼저 기존 자료를 바탕으로 해녀가 활동하고 있는 흑산도, 장도, 가거도를 2018년 4월 18일부터 21일까지 현장 조사를 하였다.[1]

신안군에 존재하는 해녀를 파악하고 현장 방문 조사를 하면서 그들의 언어를 채록하였다. 현장 조사를 통해 파악한 해녀들의 언어를 채록하기 위해 1:1 면담을 실시하였다. 면담은 준비한 조사 항목을 제보자에게 질문하는 것으로 언제부터 해녀 활동을 했는지? 해녀를 부르는 명칭에는 뭐가 있는지? 바다 환경이나 물때는 뭐라고 하는지? 작업 도구나 채취하는 동물이나 식물은 무엇인지? 해녀 조직은 있는지? 해녀끼리 자주 쓰는 말은 무엇인지? 등을 질문하고 대답을 녹음하였다. 원활한 조사를 위해 사진 자료도 적극적으로 활용하였다.

면담을 통해 채록한 내용을 바탕으로 신안군 해녀 언어의 문법적 분석은 이기갑(2003)의 ≪국어 방언 문법≫을 참고하였다. 본 연구에서는 해녀 언어의 문법적 특징을 파악하기 위해 조사, 연결어미, 양태, 높임법 등으로 나누어 살펴보고자 한다.

1 제보자 관련 정보는 1부 자료편을 참고하기 바란다.

## 2. 신안군 해녀 언어의 문법적 연구

### 2.1. 격조사

#### 2.1.1. 주격 조사

주격 조사는 주어나 보어를 나타내는 표지로 모든 방언에서 공통적으로 나타난다. 주격 조사 '이/가'에 대해 살펴보자.

(1) ㄱ. 우리 어렸을 때는 집이 이백 가구였어요. / 즈그 아빠가 새복에 일어나는데 안 일어낭께[가거도]

ㄴ. 조금에는 물이 안 강께 물이 잔잔하고 / 다시마가 잘 질어야 전복이 잘 되는데[비리]

ㄷ. 파도 치문 못 나가고 조금이 딱 있어. / 여기는 해녀들 권위가 없어. [장도]

(1ㄱ)을 보면 가거도에서는 '집이, 아빠가', (1ㄴ)을 보면 비리에서는 '물이, 다시마가', (1ㄷ)을 보면 장도에서는 '조금이, 권위가'가 나타나는데 자음 뒤에서는 '이', 모음 뒤에서는 '가'로 동일하게 실현된다. 채록한 해녀들의 언어에서 주격 조사 '이/가'는 서남방언과 차이가 없는 것을 알 수 있다.

#### 2.1.2. 목적격 조사

목적격 조사는 체언을 목적어로 기능하게 한다. 방언적 차이는 없다. 목적격 조사 '을/를'에 대해 살펴보자.

(2) ㄱ. 일을 많이 해 갖고 벵만 걸려 갖고 / 보리를 안 갈고 다 나무 심거 버렸어요.[가거도]
ㄴ. 잘하는 사람을 해녀 대장, 못 하는 사람을 하빠리 / 옛날에는 끔으로 기를 막았어[비리]
ㄷ. 한 스물 살 때부터 이 전북을 시작했어. / 산란기가 있어서 그때는 채취를 안 하고[장도]

(2ㄱ)을 보면 가거도에서 '일을, 보리를', (2ㄴ)을 보면 비리에서 '사람을, 기를', (3ㄷ)을 보면 장도에서 '전북을, 채취를'이 나타나는데 목적격 조사 '을/를'은 모든 방언에서 쓰이고 있으며 서남 방언과도 차이가 없다. 그런데 서남 방언에서는 '얼/럴' 등으로 변이되기도 하는데[2] 세 지역을 조사한 자료에서는 나타나지 않았다.

### 2.1.3. 관형격 조사

관형격 조사는 체언과 체언을 연결한다. 표준어에서는 '의'로 실현되지만 서남 방언에서는 '에, 으, 우'를 병용한다(최명옥 1980). 관형격 조사를 살펴보자.

(3) ㄱ. 벼룩에 간 / 남우 집[서남]
ㄴ. 옆에 방에서 봉께 / 우리는 놈우 작은 방에서 2년 동안 살다가[가거도]
ㄷ. 농사 지어 본 사람은 고구마 묵고 놈우 집에 가서 일해 주고[비리]

---

2 이진숙(2010: 52)에서 '가시멀'처럼 목적격 조사 '얼'이 진도에서는 사용되고 있다.

(3ㄱ)을 보면 서남 방언에서 '벼룩에, 남우'처럼 관형격 조사가 '에, 우'로 실현되는데 (3ㄴ)을 보면 가거도에서 '옆에, 남우', (3ㄷ)을 보면 비리에서 '놈우'로 실현되었다. 비리에서는 '우'로 실현된 예만 나타난다. 채록한 자료에 없을 뿐 '에'가 실현되지 않는 것은 아니다. 장도의 경우도 마찬가지이다.

### 2.1.4. 여격 조사

여격 조사에는 '에게, 한테'가 있다. 조사 '에게'는 '주다'류 동사와 어울려 주는 행위의 목적지를 가리킨다. 그리고 '에게'는 사동사 구문의 피사동주나 피동사 구문의 동작주를 가리킬 때도 쓰인다(이기갑 2003:52). '에게'와 거의 같은 기능을 하는 조사에 구어적인 표현으로 '한테'와 '더러'가 있다.

(4) ㄱ. 기래 갖고 남편한테 우리 동생들만 당했어요.[가거도]
ㄴ. 마을에서 해녀에게 다 먹으라고 해. / 배 타고 댕기는 사람한테는 사공이라고 해.[비리]
ㄷ. 해녀들한테 배려하는 게 없어.[장도]

여격 조사 '에게'와 '한테'는 서남 방언에서는 '게, 께'와 '한테, 한티, 헌테, 헌티'로 나타나는데 (4ㄱ)을 보면 가거도에서는 '한테', (4ㄴ)을 보면 비리에서는 '에게'와 '한테', (4ㄷ)을 보면 장도에서는 '한테'가 실현되고 있다. 채록한 자료를 토대로 보면 해녀들은 표준어와 같은 형태들을 더 많이 사용하는 것을 알 수 있다.

### 2.1.5. 처격 조사

처격은 어떤 일이 일어나는 범위뿐만 아니라, 어떤 행위가 그쪽으로 향해 가는 지향점을 가리키는 기능도 가지고 있다. 처격 조사 '에가, 에서, 에다가, 으로'를 살펴보자.

1) 에가

조사 '에가'는 표준어의 '에' 또는 '에서'에 해당하는 조사로 서남 방언에서 나타난다.

(5) ㄱ. 어디에가 있냐? / 광주가 있다.[서남]

ㄴ. 몸에가 골병이 들었단 말이요. / 목포가 배가 들어가 있다가[가거도]

(5ㄴ)을 보면 가거도에서 '몸에가, 목포가'가 나타나는데 '목포가'의 경우는 '에가'의 '에'가 생략되고 '가'만 나타난 것이다. 비리와 장도에서 채록한 자료에서는 해당하는 예가 없었다.

2) 에서, 이서

처격 조사 '에서'는 모든 방언에서 두루 쓰이며 서남 방언에서는 '이서'로도 나타난다.

(6) ㄱ. 잔 거 조굿배에서 띠다 반찬 했어.[가거도]

ㄴ. 화장실 갖다 오문 찬물에서 모욕하고/ 시루떡은 집이서 했지.[비리]

ㄷ. 사진도 목포에서 찍어요.[장도]

(6)을 보면 처격 조사 '에서'는 가거도, 비리, 장도에서 모두 나타나고

있다. 명사 '집' 뒤에서 '이서'가 나타나는데 비리에서만 그 용례를 찾을 수 있었다. 거거도, 비리, 장도에서 명사 '집' 뒤에서 모두 '에서'로 실현되는 경우가 더 많았다. 이는 해녀들이 방언보다는 표준어를 더 많이 사용하는 쪽으로 언어 사용 양상이 변화하고 있음을 알 수 있다.

3) 에다가

처격 조사 '에'에 조사 '다가'가 결합되면 항상 타동사 또는 일부의 피동사가 와야 하는 통사적 제약이 있게 된다. 이러한 제약은 모든 방언에 두루 통용된다(이기갑 2003: 75).

(7) ㄱ. 행토제라고 땅속에다가 죽은 사람을 딱 여 놓고[가거도]

ㄴ. 허제비 만들어서 배에다가 소머리, 돼지머리 용왕께 바친다고 바다에 띠우고[비리]

ㄷ. 군에다가 해녀 7명 등록해 놓죠.[장도]

(7)에서 세 지역에서 모두 '에다가'가 나타나고 있다. (7ㄱ)에서 '땅속에다가'와 '여 놓고'가 호응하고 있고 (7ㄴ)에서는 '배에다가'와 호응하는 '놓고'가 생략되어 있다. (7ㄷ)에서는 '군에다가'와 '등록해 놓죠'가 호응하고 있어서 통사적 제약도 지키고 있다.

4) 으로, 이로[3]

방향을 나타내는 '으로'는 모든 방언에서 나타나며 서남 방언에서는 '이로'로 실현되기도 한다.

---

3 이상신(2008:82~83)에서는 '이로'가 전설모음화가 된 것이 아니라 곡용어미로 '으로'의 자유변이로 파악하고 있다.

(8) ㄱ. 신랑은 즈그 집으로 보내고[가거도]
ㄴ. 몇 시까지 선착장으로 나오라고 해[비리]
ㄷ. 우리가 갈 시간 됐구나 하고 선창으로 모여[장도]

(8)에서 '집으로, 선착장으로, 선창으로'가 나타나는데 가거도, 비리, 장도에서 모두 '으로'로 실현되고 있다. 채록한 자료에서 처격 조사 '이로'는 나타나지 않았는데 도구격 조사로 사용되는 '이로'는 나타나서 해녀들이 조사를 의미에 따라 다르게 사용하고 있으며 '으로'의 경우에 처격 조사가 도구격 조사보다 표준어화가 되는 경향이 더 높은 것을 알 수 있다.

### 2.1.6. 도구격 조사

도구격 조사 '으로'는 수단이나 재료를 나타내며 모든 방언에서 쓰인다. 서남 방언에서는 '으로, 이로'로 실현된다.

(9) ㄱ. 종우 깔고 삽으로 흑 쫌 쪼깐 깔아 놓고/ 금이로 브라치 해 줬어요.[가거도]
ㄴ. 빈창으로 얇은 아가미 있는 데 찔르문[비리]
ㄷ. 축이금은 다 돈으로 해요.[장도]

(9)에서 '삽으로, 금이로, 빈창으로, 돈으로'가 나타나는데 세 지역 모두 도구격 조사가 '으로'로 나타나고 있으며 채록한 자료에서 가거도 해녀만 '이로' 용례가 나타났다. 가거도 해녀의 경우 78세로 다른 제보자보다 나이가 많고 지리적으로도 육지와 많이 떨어져 있는 부분이 언어에 영향을 미친 것 같다.

### 2.1.7. 공동격 조사

공동격 조사 '하고'는 모든 방언에서 사용되며 서남 방언에서는 '하고' 또는 '허고'를 사용한다. '와/과'는 주로 글을 쓸 때 사용하는데 말할 때는 거의 사용하지 않는다.

(10) ㄱ. 섭섭항께 힌떡하고 시루떡하고 같이 담아 주제.[가거도]
ㄴ. 저 큰 밭에다가 보리하고 고구마하고 콩하고 심어서[비리]
ㄷ. 우리 도구가 빈창하고 흥서리[장도]

(10)에서 '힌떡하고, 시루떡하고, 보리하고, 고구마하고, 콩하고, 빈창하고'가 나타나는데 세 지역에서 모두 공동격 조사 '하고'가 실현되고 있다. 보통 '힌떡하고, 시루떡하고'는 유기음화가 일어나서 '힌떠카고, 시루떠카고'로 발음되지만 전남 방언에서는 이런 유기음화가 일어나지 않고 '힌떠가고, 시루떠가고'처럼 'ㅎ'이 탈락된다. 채록한 자료에서는 '허고'가 나타나지 않았다.[4]

### 2.1.8. 비교격 조사

비교격 조사는 정도 및 우열을 비교할 때 쓰이는 조사로 방언에서 '와/과' 계열의 형태와 '하고' 등이 비교격으로 사용된다. 비교격 조사 '보다, 처럼, 만큼'을 살펴보자.

1) 보다

가장 대표적인 비교격 조사는 '보다'가 있다. 서남 방언에서는 '보다, 보

---

4 이기갑(2003: 87)에서 서북, 중부, 동북 방언에서는 주로 '하구'를 사용하고 동남 방언은 '하고'를 사용하며 제주 방언에서는 'ᄒᆞ곡'을 사용한다고 한다.

단[5], 보담, 보덤, 보돔, 부덤'으로 나타난다.

(11) ㄱ. 시누이 메울라문 고추보다 더 메울라다냐[비리]
ㄴ. 평소에 묵는 양보다 소량으로 묵죠[장도]

(11)에서 '고추보다, 양보다'가 나타나는데 비리, 장도에서 비교격 조사 '보다'가 사용되고 있지만 가거도에서는 채록한 자료에서 나타나지 않았다. 그리고 서남 방언에서 나타나는 다양한 변이형도 보이지 않았다. 이를 통해 해녀들의 언어 사용 양상이 변화하고 있음을 알 수 있다.

2) 처럼

비교격 조사는 정도나 우열의 비교에 쓰이지만 같음을 나타내는 경우에는 비교격 조사 '처럼'을 사용한다. 서남 방언에서는 '철로, 치로, 칠로'로 나타난다.

(12) ㄱ. 생견 고부갈등이라는 것이 없었어. 딸처럼 그렇게.[비리]
ㄴ. 옛날처럼 안 다니고 많이 하문 삼일 할까[장도]

(12)에서 '딸처럼, 옛날처럼'이 나타나는데 비리, 장도에서 비교격 조사 '처럼'이 나타나고 있으며 가거도에서 채록한 자료에서는 나타나지 않았다. 그리고 서남 방언에서 나타나는 변이형도 보이지 않았다.

---

5 서남 방언과 제주 방언에서 주로 쓰이며 '보다'에 대조를 의미하는 보조사 '는'이 결합한 후에 축약된 형태이다. 이기갑(2003: 89)에서는 '보다'와 'ㄴ'으로의 분석도 가능하다고 보고 '보담'의 경우에는 '보단'에서 끝소리 'ㄴ'이 'ㅁ'으로 바뀐 것으로 볼 수 있다고 하였다.

3) 만큼

같음을 나타내는 비교격 조사로 '만큼'도 있다. 서남 방언에서는 '만큼, 만콤, 만츰'으로 나타난다. '만큼'은 '맛감/마곰>마콤>만콤>만큼'의 변화를 겪어서 생겨난 것이다. 서남 방언에 나타나는 '만콤'은 '만큼'의 이전 형태로 단어의 변화 양상을 알려 주고 있다.

(13) ㄱ. 그만만큼 해도 쓰겄다.[서남]

ㄴ. 흑산 처녀들은 쌀 서 말 묵고 결혼한 처녀는 없다고 그랬어. 그만만큼 쌀이 기했어.[비리]

(13)에서 '그만만큼'이 나타나는데 이는 '만'이 '만큼'과 결합하여 '만만큼' 등으로 쓰이기도 하는데 대체로 지시어 '이, 그, 저' 등과 어울려 사용된다(이기갑 2003: 100). 비리에서 비교격 조사 '만만큼'이 지시어 '그'와 어울려 사용된 용례가 있으나 가거도와 장도에서 채록한 자료에서는 확인할 수 없었다.

### 2.1.9. 접속 조사[6]

'이랑'은 명사를 연결하거나 열거하고 동등한 비교의 기능을 하는데 대부분의 방언이 동일한 양상을 보인다. 서남 방언에서는 '이랑, 이야, 이여'로 나타난다.

(14) 큰 상에다 떡이랑 반찬 같은 거 해서[가거도]

---

6 접속 조사는 공동격 조사나 비교격 조사와 겹치는 경우가 많은데 여기에서는 채록한 자료에서 나온 예만 제시하였다.

(14)에서 '떡이랑'이 나타나는데 단어와 단어를 연결하고 있듯이 열거의 기능을 하고 있다. 가거도에서 접속 조사 '이랑'이 나타나고 있으나 비리, 장도에서 채록한 자료에서는 나타나지 않았다. 또한 '이야, 이여'도 보이지 않고 있다.

## 2.2. 보조사

### 2.2.1. 이야

보조사 '야'는 강조의 뜻을 나타내는데 서북을 제외한 전 방언에서 '사'로 실현된다. 이 '사'는 자음 다음에서 '이사'로 변한다. 서남 방언에서는 /ㄹ, ㄴ, ㅁ, ㅇ/ 등의 자음 아래에서도 '사'로 수의적인 변화를 보이기도 한다(이기갑 2003: 140).

(15) ㄱ. 마음이사(마음사) 좋제.[서남]
ㄴ. 나사 세상 더런 세상 살아서 내가 중학교만 나왔으문[가거도]

(15ㄴ)에서 '나사'가 나타나는데 가거도에서 보조사 '사'가 나타나고 있다. 비리, 장도에서 채록한 자료에는 나타나지 않았다.

### 2.2.2. 밖에[7]

명사 '밖'이 처격 조사 '에'와 함께 쓰여 추상적인 의미를 가지며 뒤에

---

7 이기갑(2003: 156)에서 서남 방언의 경우 공간적 의미의 '밖에'는 '바깥에' 또는 '배깥에'라고 말하지 '밖에'라는 말을 사용하지 않고 조사로서는 '배께'나 '배끼'로 쓰인다고 한다.

반드시 부정의 표현이 와야 하는 제약을 갖는다. 그리고 '그것 말고는', '그것 이외에는', '기꺼이 받아들이는', '피할 수 없는'의 뜻을 나타낸다. 서남 방언에서는 '배께, 배끼'로 나타난다.

(16) ㄱ. 보리하고 고구마백에 안 했어요.[가거도]
ㄴ. 우리 마을에는 돌김백에 없어.[비리]

(16)에서 '고구마백에, 돌김백에'가 나타나는데 (16ㄱ)에서 '고구마백에'는 '안'과 호응하고 있고 (16ㄴ)에서 '돌김백에'는 '없다'와 호응하고 있어서 '밖에' 뒤에 부정 표현이 와야 된다는 제약을 모두 지키고 있다. 장도에서 채록한 자료에는 나타나지 않았다.

### 2.3. 연결어미

#### 2.3.1. -으면서

둘 이상의 사실을 겸하고 있음을 나타내거나 둘 이상의 사실이 서로 상반되는 관계에 있음을 나타내는 어미이다. 모든 방언에서 공통으로 나타나며 서남 방언에서는 '-음서[8], -음선, -음성, 음스로, -음스러, -음시로, -음시롱'으로 나타난다.

(17) ㄱ. 갈침서 배우제.[서남]
ㄴ. 니가 삼스로 엄마를 모시든가 그래야 되는디[가거도]
ㄷ. 속으로 '크크' 하문서 들어가.[비리]

---

8 '-으면서'가 '-음서'로 축약되는데 이때 '서'는 탈락되지 않는다.

(17ㄱ) 서남 방언에서는 '갈침서', (17ㄴ) 가거도에서는 '삼스로', (17ㄷ) 비리에서는 '하문서'가 나타나고 있다. 연결어미 '으면서'는 '삼스로'나 '문서'로 실현되고 있는데 이를 통해 해녀들이 표준어 '으면서'보다는 방언형을 더 많이 사용하는 것을 알 수 있다. 장도에서 채록한 자료에는 나타나지 않았다.

### 2.3.2. -으면

조건이나 가정의 뜻을 나타내는 어미이다. 방언에 따른 의미 차이는 없다. 서남 방언은 '-으면, -으문'을 실현된다.

(18) ㄱ. 니가 가면 쓰겄다.[서남]
ㄴ. 초상나고 일 치문 그릇이 부족해서[가거도]
ㄷ. 아프거나 하문 못 올라가[비리]
ㄹ. 딴 마을과 비교하문 속이 상하지만[장도]

(18ㄱ) 서남 방언에서는 '가면'처럼 '-으면'이 나타나지만 (18ㄴ,ㄷ,ㄹ)에서는 '치문, 하문, 비교하문'처럼 '-으문'으로 나타나고 있어서 차이가 있다. 중부 방언과 동북 방언에서 '-으문'이 나타나는데 이와 비슷한 모습을 보이고 있다. (18ㄱ)의 자료가 더 앞선 것이므로 해녀들의 언어가 변화하였다는 것을 알려주고 있으며 한편으로는 방언에서 '-으문'으로 점차 일반화되고 있다고 볼 수 있다.

### 2.3.3. -으려고

어떤 행위의 의도를 나타내거나 곧 일어날 움직임을 나타내는 어미이다. 서남 방언에서는 '-을라고'로 실현된다.

(19) ㄱ. 멋 헐라고 인자 오냐?[서남]
ㄴ. 그런 거 잡을라고 신경을 안 씅께[가거도]
ㄷ. 까꼬리 가져가. 뭉게 잡을라고[비리]

(19ㄴ,ㄷ)에서 '잡을라고, 잡을라고'가 나타나는데 해녀들이 '-을라고'를 사용하는 것을 알 수 있다. 이는 서남 방언과 차이가 없어서 해녀들이 방언형을 계속 사용하고 있음을 알 수 있다. 현재 전남 방언 화자들은 아직도 '-을라고'를 많이 사용하고 있다. 장도에서 채록한 자료에는 나타나지 않았다.

2.3.4. -지

이미 알고 있는 사실을 서술하거나 물음, 명령, 요청을 나타내며 문장을 끝맺는 어미이다. 서남 방언에서는 '-제'로 실현된다.[9]

(20) ㄱ. 즈그가 했제 내가 했가니?/ 일은 다 했제?[서남]
ㄴ. 고무 옷을 입어야제 / 배 타고 가야제[가거도]
ㄷ. 자기 해안에 가서 해야제 놈우 것에 가문 큰일 나 / 조금 때 물질을 나가제[비리]
ㄹ. 바다 속에 들어가제 그거 안 하문 떠 갖고 / 바다에 나가야 한 푼이라도 생기제[장도]

---

9 중부 방언에서는 '-지'와 '-제'를 같이 사용하고 동남 방언에서는 서남 방언과 마찬가지로 '-제'를 사용하며 제주 방언은 '-주'를 사용한다.

(20ㄴ,ㄷ,ㄹ,)에서 '입어야제, 가야제, 해야제, 나가제, 들어가제, 생기제'가 나타나는데 세 지역 해녀들은 '제'를 연결어미로 사용하거나 종결어미로 사용하고 있다. 서남 방언과 차이가 없으며 표준어 '-지'를 사용하는 경우는 거의 없다.

### 2.4. 추정과 의도 '-겠-'

'-겠-'은 추정과 의도를 나타내는 어미이다. 방언들에서는 다양하게 나타나는데 서남 방언에서는 '-겄-'으로 실현되며 추청의 의미로만 쓰이는 것이 보통이다.

(21) ㄱ. 낼도 비가 오겄다.[서남]
ㄴ. 물세도 끼고 충분하겄더라고요.[가거도]
ㄷ. 저 밥 한 숟가락이나 얻어 묵겄구나 이라고 앉아 있으문[비리]
ㄹ. 남의 집에 갔는데 얼마나 불편하겄소[장도]

(21ㄴ,ㄷ,ㄹ)에서 '충분하겄더라고요, 묵겄구나, 불편하겄소'가 나타나는데 세 지역 모두 어미 '-겄-'을 사용하고 있다. (21ㄴ)은 '충분할 것 같다', (21ㄷ)은 '얻어 먹을 것 같다', (21ㄹ)은 '불편하겠어요'로 모두 추정의 의미를 나타내고 있다.

### 2.5. 높임법

전남 방언에서 높임법은 '허씨요체, 허소체, 해라체, 해라우체, 해체'의 다섯 등분이 있지만 '허씨요체, 허소체, 해라체'에서 상대에 대한 높임을 확인할 수 있다. 세 등분에서 해녀들이 상대높임법을 어떻게 사용하는지 살펴보자.

1) 허씨요체

'허씨요체'는 가장 높은 등분으로 표준어의 '합시오체'와 '하오체'의 일부를 포괄하고 있으며 대표적인 것으로는 '-습-, -이-, -소/요, -라우'가 있다(이기갑 1988: 140). 채록 자료에서는 '-습-, -소/요'만 나타나므로 두 어미를 중심으로 살펴보겠다. 먼저 '-습-'이 포함된 표현인 '-습디다, -습디까, -습디여, -습딩겨'를 살펴보자.[10]

(22) ㄱ. 바구리가 있습디다[가거도]
ㄴ. 일본으로 수출합디다 / 본도에 딱 지정이 돼 있습니다[장도]

'-습디까, -습디여, -습딩겨'는 채록 자료에는 나타나지 않으므로 '-습디다'를 중심으로 확인하면, 가거도와 장도 해녀들은 '-습디다'를 사용하고 있는데 과거의 일을 회상하며 이야기할 때 사용하였다. 비리 해녀의 채록 자료에는 나타나지 않았다. 장도 해녀는 '-습니다'도 사용하고 있는데 이는 격식적인 상황에서 쓰이는 표현으로 조사자를 외지인으로 보아 거리를 두는 격식적인 표현을 사용한 것 같다. 또 한편으로는 장도의 경우 다른 지역과 달리 물질을 안 할 때는 목포에서 생활하는 경우 많아 표준어의 영향을 많이 받아서 '-습니다'를 사용한 것으로도 볼 수 있다.

'허씨요체'의 어미 '-소/요'에 대해 살펴보자. 어미 '-소/요'는 '있-, 없-, -았-, -겄-' 다음에는 '-소'가 오고 나머지 환경에서는 '-요'가 온다(이기갑 1988: 141).

---

10 이기갑(1998: 140)에서 '-습-'이 포함된 표현은 표준어의 영향을 입은 것이라고 한다. 그러나 전남 방언 화자들은 회상의 선어말어미 '-드-' 앞에서 사용되는 '-습-'은 방언으로 이해하고 그 밖의 환경에 오는 '-습-'은 표준어로 인식한다고 한다.

(23) ㄱ. 별다른 게 잘 모시겄소 / 여가 드레스가 있소 뭐 있소 / 친정집서 잠을 안 자고 가 부르요[가거도]

ㄴ. 남의 집에 갔는데 얼마나 불편하겄소 / 바닷갑을 빼고 나머지는 개인이 먹으요[장도]

가거도 해녀의 채록 자료에서 '있-, -겄-, -았-' 다음에서 '-소'가 결합한 '모시겄소, 있소'가 나타났고 '부르-' 어간에서는 '-요'가 사용되었다. 비리 해녀의 채록 자료에는 용례가 없었고 장도 해녀의 채록 자료에서는 '-겄-' 다음에 '-소'가 결합한 '불편하겄소'가 나타났지만 다른 용례들은 나타나지 않았다. 전남 방언에서 '묵으요, 묵소'가 같이 나타나는데 이는 자음 어간 다음에는 '-으요'와 '-소'가 수의적으로 나타난다(이기갑 1988: 141). 장도 해녀의 채록 자료에는 '먹으요'만 나타난다.

2) 허소체

'허소체'는 전남 방언의 특징을 잘 나타내는 어미로 '-네, -은가(는가), -소/게, -세, -음세, -으께?, -드라고' 등이 있다. 해녀 채록 자료에서 어떻게 나타나는지 살펴보자.

(24) 저녁밥도 해 주네 / 어디 아퍼서 낚었는가?[가거도]

(24)에서 '주네, 낚었는가'가 나타나는데 '-네'는 단순한 동작이나 상태의 진술을 나타내기도 하지만 감탄을 표현하기도 한다. '저녁밥도 해 주네'는 밥을 해 준다는 동작을 나타내고 있다. '낚었는가'는 과거시제 '-었-' 뒤에서 '-는가'로 실현되고 있다.[11] 그런데 보통 전남 방언에서 받침이 있는

---

11 '-는가'는 '있다, 없다, -었-, -겄-'과 결합할 때 실현된다.

단어들은 보통 '-은가'로 실현된다.

3) 해라체

표준어 '해라체'와 동일하며 반말에 조사 '-야'가 붙어 해라체가 되기도 한다. 채록 자료에 나타나는 예들을 중심으로 살펴보자.

(25) ㄱ. 집안 다 무고하지야? / 얼릉 가야![서남]

ㄴ. 산밭에도 못 심았고 이렇게 돼 버렸드라 / 이거 씨레기구만 / 한 번도 못 하고 죽어 불겄냐? /

걸어 강께는 삼춘, 삼춘 그래, 나보고 안 그란다냐[가거도]

ㄷ. 고추보다 더 매울라다냐[비리]

(25ㄱ)의 '무고하지야? 가야!'와 같은 예들은 채록 자료에서 나타나지 않았다. (25ㄴ)에서 '버렸드라'는 회상의 '-드-' 다음에서 '-라'로 변한 것이다. 그리고 '씨레기구만'은 상대와의 교감을 전제로 감탄을 나타낸다. '불겄냐?'에서 '-냐'는 표준어의 '-느냐'나 '-니'와 대응되는 것이다. (25ㄴ)에서 '그란다냐'의 '-다냐'는 어른이 손아랫사람에게 하는 말의 느낌이 강하다. (25ㄷ)에서 '매울라다냐'는 '맵겠느냐'의 뜻으로 '-냐'가 '-울라'와 결합하면 '-울라냐'가 되는데 항상 안은 문장에서만 나타난다고 한다(이기갑 2003: 242~247).

## 3. 결론

신안군 해녀의 언어적 특징을 밝히기 위해 면담을 한 후 채록하여 해녀 언어의 문법적 특징을 분석하였다. 채록한 자료에 나타나는 문법적 특징을 중심으로 서남 방언과 비교하였는데 격조사, 보조사, 연결어미, 추측의 의미 '-겄-', 높임법으로 나누어 살펴보았다.

조사의 경우 서남 방언과 비슷한 모습을 보인다. 채록한 자료를 토대로 보면 여격 조사의 경우 해녀들은 표준어와 같은 형태들을 더 많이 사용하였다. 처격 조사는 세 지역 해녀들이 모두 '으로'를 사용하고 있으나 도구격 조사의 경우에는 '으로'와 함께 '이로'도 사용하고 있다. 공동격 조사의 경우 '하고'를 사용하고 '허고'는 조사한 자료에서 나타나지 않았다. 비교격 조사는 서남 방언에서 나타나는 다양한 변이형이 보이지 않았다. 이상에서 해녀들은 서남 방언을 사용하고 있으나 표준어 형태도 많이 사용하는 쪽으로 변화하고 있음을 알 수 있다.

보조사의 경우는 서남 방언과 차이가 없었으며 연결어미의 경우에는 조사와 비교해 볼 때 해녀들이 방언 형태를 더 많이 사용하였다. '으면'의 경우에 서남 방언형 '으먼'은 나타나지 않고 모두 '으문'을 사용하였다.

어미 '-겠-'은 모두 '-겄-'으로 실현되는데 서남 방언에서는 추청의 의미로만 쓰이는데 해녀들도 추정의 의미로 사용하였다.

높임법의 경우에는 '허씨요체, 허소체, 해라체'에서 해녀들이 상대높임법을 확인하였다. 허씨요체 '-습디까, -습디여, -습딩겨'는 채록 자료에는 나타나지 않았다. 가거도와 장도 해녀들은 '-습디다'를 사용하고 있는데 과거의 일을 회상하며 이야기할 때 사용하였다. 어미 '-소/요'는 '있-, 없-, -았-, -겄-' 다음에는 '-소'가 오고 나머지 환경에서는 '-요'가 오는데 가거도와 장도 해녀들은 어미 '-소/요'를 사용하고 있었다. 비리 해녀의 채록 자료에는 용례가 없었다. '허소체'의 경우에 해녀 채록 자료에서 '-네'와 '-은가(는가)'가 나타나는데 '-네'는 주로 단순한 동작이나 상태의 진술을 나타내는 의미로 사용하고 있다. '-은가'는 과거시제 '-었-' 뒤에서 '-는가'로 실현되었다. 해라체의 경우에 해녀들은 어미 '-드라', '-구만', '-냐', '-다냐'를 사용하였다. 높임법의 경우에는 서남 방언과 차이가 없었다.

본고는 신안군 해녀의 언어 특징 중에서 문법적 특징을 연구하였다. 해녀들은 서남 방언 화자로 서남 방언의 특징을 드러내고 있지만 표준어 형태도 많이 사용하고 있었다. 해녀들의 언어 사용 양상이 변화하고 있음을 확인할 수 있었다. 문법적인 특징 중 부정법, 인용문, 사동법, 피동법에 대한 연구는 진행하지 못했는데 차후에 보충하기로 하겠다. 언어의 특징을 밝히려면 음운, 문법, 어휘 측면에서 종합적으로 연구를 진행해야 하는데 본고에서는 문법 연구만 진행하였다. 음운과 어휘 연구는 차후에 진행하여 해녀의 언어 특징을 밝히도록 하겠다.

## 참고문헌

고광민(1992), 平日島 '무레꾼'(海女)들의 組織과 技術, ≪島嶼文化≫ 10, 목포대 도서문화연구원, 97-122.

고광민(2012), ≪흑산군도 사람들의 삶과 도구≫, 민속원.

곽유석(1991), 청산도의 민속문화－생업도구를 중심으로, ≪도서문화≫ 9, 목포대 도서문화연구소, 125-248.

국립무형유산원(2015), ≪서남해 해녀, 퉁소음악, 한지장≫, 전주무형유산원.

김약행(2005), ≪仙華遺稿≫, 목민.

김웅배(1988), 흑산도 방언의 어휘자료, ≪도서문화≫ 6, 목포대 도서문화연구소, 315-340.

김은정·김초영(2011), 여수시 삼산면 초도의 의생활문화, ≪남도민속연구≫ 22. 남도민속학회, 269-281.

문옥희·이아승(2013), ≪전남지역 해녀실태조사≫, 전남여성플라자.

문화재청·민족문화연구원(2017), ≪전남 해녀 생애사와 해녀문화－흑산도 자생 해녀－≫, 세인CP디자인.

박종오(2015), 서남해 해녀의 어로방식 변화 고찰, ≪島嶼文化≫ 46, 목포대 도서문화연구원, 119-146.

송기태(2015), 서남해 무레꾼 전통의 변화와 지속, ≪실천민속학연구≫ 25, 실천민속학회, 207-245.

양원홍(1998), 완도에 정착한 제주해녀의 생애사, 濟州大學校 석사학위 논문.

유영대·이기갑·이종주(1998), ≪호남의 언어와 문화≫, 백산서당

이경아(1997), 채취기술의 변화에 따른 어촌사회의 적응전략: 신지도 貝類 채취조직과 기술을 중심으로, 영남대 석사학위 논문.

이기갑(1989), 전남 신안지역의 언어지리적 성격, ≪도서문화≫7, 목포대 도서문화연구소, 127-135.

이기갑(2003), ≪국어 방언 문법≫, 태학사.

이돈주(1978), ≪전남방언≫, 형설출판사.

이상신(2008), 전남 영암지역어의 공시 음운론, 서울대 박사학위논문.

이유리(2012), 전남 신안군 흑산면 가거도의 해녀문화에 관한 보고서, ≪남도민속

연구≫ 24, 남도민속학회,
이유리(2013), 가거도와 만재도의 갯밭공동체와 무레꾼 연구, ≪남도민속연구≫ 26. 남도민속학회, 265-292.
이유리(2013), 가거도의 갯밭공동체와 무레꾼 연구, 목포대 석사학위 논문.
이진숙(2010), 진도방언의 음운론적 연구, 전남대 석사학위논문.
이해준(1988), 黑山島文化의 背景과 性格, ≪도서문화≫ 6, 목포대 도서문화연구소, 9-42.
조경만(1988), 흑산 사람들의 삶과 民間信仰, ≪도서문화≫ 6, 목포대 도서문화연구소, 133-185.
최계원·주인탁·서인석·김행미(1988), 黑山島의 産業技術, ≪도서문화≫ 6, 목포대 도서문화연구소, 187-232.
최치훈(2010), 초도의 마을어업에 관한 연구, ≪韓國島嶼硏究≫ 22-4. 한국도서(섬)학회, 125-145.
한국정신문화연구원(1991), ≪한국방언자료집≫ Ⅵ 전라남도편, 한국정신문화연구원.
허경회(1988), 黑山面의 口碑文學 資料, ≪도서문화≫ 6, 목포대 도서문화연구소, 281-313
홍순탁(1963), 玆山魚譜와 黑山島方言, ≪호남문화연구≫ 1, 전남대 호남문화연구소, 75-104.

# 흑산도지역어의 모음과 관련된 음운현상

## 1. 서론

본고는 흑산도지역어에 존재하는 음소목록을 제시하고 활용에서 모음과 관련된 음운 현상을 고찰하여 흑산도지역어의 모음과 관련된 음운론적 특징을 밝히는 데 목적이 있다. 이기갑(1989)에서는 전남 신안지역의 언어 지리적 성격에 대해서 독자적인 언어상황을 보인다고 하기에는 미흡하다고 보고 있으나 서남해 일부 지역에 옛 어형이 독점적으로 분포되어 있는 경우도 있다고 한다.[1] 흑산도지역어는 신안 방언의 하위 지역어로 신안 방언의 음운론적 특징과 비슷한 모습을 보일 것으로 생각되므로 본고에서는 먼저 모음과 관련된 음운현상에서 나타나는 흑산도지역어의 특징을 밝히고 주변 지역인 신안지역어와 진도지역어와는 어떤 차이가 있는지를 살필 것이다.[2]

흑산도에 대한 연구는 대부분 방언 자료 연구가 많은데 김웅배(1988)에서 흑산도 어휘 자료를 제시하고 있고 홍순탁(1963)은 자산어보(玆山魚譜)

1 이기갑(1989)에서는 곡용의 자료를 사용하여 위와 같은 결론을 내리고 있다. 활용 양상을 조사한 후 음운론적 특징을 살피는 본고와는 차이가 있다.

2 고대에 중국에 갈 때는 영암이나 영산포에서 출발하여 흑산도를 경유하여 갔으며 흑산도는 중국과 한국, 일본의 문화를 연결하는 곳이었다. 흑산도지역어는 지속적인 교류가 있었던 영암 구림지역어나 나주 영산포지역어와 언어적 공통점이나 차이점도 있을 것으로 생각된다. 다른 지역과의 대비 연구는 후일을 기약한다.

에서 차자 어명(魚名)과 방언 어휘를 대조하고 있다. 흑산도에 대한 전반적인 연구는 목포대 도서문화연구소에서 진행되었는데, 이해준(1988)은 흑산도문화의 배경과 성격을, 조경만(1988)은 흑산 사람들의 삶과 민간신앙을, 허경회(1988)은 흑산면의 구비문학 자료를 조사하였다. 음운론적 연구로는 김광헌(2003), 김경표(2013)이 있다. 김광헌(2003)은 신안군 지도 지역어의 음소체계, 음운현상을 공시적으로 고찰하되 이 지역어의 특징을 보여 주는 통시적 변화의 결과도 함께 다루고 있다. 김경표(2013)에서는 도서 방언인 신안, 진도, 완도 방언의 음운론적 대비를 하고 있는데 신안군에서 흑산도에 대한 조사는 빠져 있다. 이상에서 흑산도에 대한 연구는 어휘에 치중되어 있고 음운에 대한 연구는 거의 없는 실정이다.

흑산도는 목포에서 서남방으로 해상 92.7km 떨어져 있는 섬이다. 목포와 흑산도를 오가는 쾌속선이 하루에 4번 있는데 2시간 정도 걸린다. 흑산도의 면적은 19.7km이고 해안선 길이는 41.8km에 달하는 제법 큰 섬이다. 산지가 대부분을 차지하기 때문에 논농사보다는 밭농사를 주로 하고 있고 수산업과 관광산업에 크게 의존하고 있다.

본고는 흑산도지역어를 조사하기 위해 2013년 12월 5일부터 7일까지 현지 조사를 실시하였다. 현지조사에 사용된 조사항목은 국립국어원(2006)의 지역어 조사 질문지를 참고하였다. 또한 기존의 어휘자료도 보조자료로 사용하였다.[3] 제보자 선정에 있어서는 이 지역에 3대 이상 거주한 토박이 화자로서 노년층을 대상으로 하였다.[4]

3 보조 자료로 이돈주(1978)의 ≪전남방언≫, 한국정신문화연구원(1991)의 ≪한국방언자료집 VI 전라남도편≫, 김웅배(1988)의 흑산도 방언의 어휘자료, 허경회(1988)의 흑산면의 구비문학 자료를 이용하였다.

4 조사지점과 제보자는 다음과 같다.

| 조사지점 | 제보자 | 직업 |
|---|---|---|
| 예리 | 박계예(여, 78)<br>보조 김석권(남, 76) | 무직<br>무직 |

모음과 관련된 음운현상은 모음축약, 모음탈락, 모음의 완전순행동화, 활음화, 활음첨가, 움라우트, 전설모음화, 원순모음화가 있다. 이 중에서 흑산도지역어의 음운론적 특징을 잘 보여줄 수 있는 모음의 완전순행동화, 활음화, 전설모음화를 살펴볼 것이다.

## 2. 음소목록

흑산도지역어는 장애음 16개(ㅂ, ㅃ, ㅍ, ㄷ, ㄸ, ㅌ, ㄱ, ㄲ, ㅋ, ㅈ, ㅉ, ㅊ, ㅅ, ㅆ, ㅎ, ㆆ[5]), 공명음은 4개(ㅁ, ㄴ, ㅇ, ㄹ)가 존재한다. 그리고 9개(이, 에(E), 위, 외, 으, 어, 아, 우, 오)의 단모음이 존재한다. 전남 서부 방언에 속하는 흑산도지역어에 '비:게(枕) : 가게(店)'를 통해 비어두에서 '애'와 '에'가 구별되지 않는 것을 알 수 있다.[6] '위, 외'의 경우에 '귀(耳), 쉬/세(파리), 뒤(後), 귀신(鬼), 쥐:다(握), 외:국(外國), 외:상, 되:다(硬)'에서 보듯이 대부분 단모음으로 실현되는 것을 알 수 있다. 그런데 '끼:고(뀌:-, 屁), 쎄(쇠, 鐵), 세:고(쇠:-, 설을), 쎄:고(쐬-, 바람을)'에서는 '위, 외'가 '에, 이'로 실현되는 경우도 있다.

이 지역어에는 활음 'y'와 활음 'w'가 있다.[7] 활음 'y, w'와 결합하여 만

| 진리 | 윤일순(남, 75) | 무직 |
|---|---|---|
| 읍동 | 박인순(여, 79) | 무직 |

5 'ㆆ'을 하나의 음운으로 설정한 이유는 '실꼬, 시러서, 시릉께(싣-, 載)'와 같은 음성형을 설명하기 위해서이다. 잠정 기저형을 '싫-(載)'로 설정하면 '실꼬'는 자음축약에 의해 경음화 되었다고 설명할 수 있고 '시릉께, 시러서'는 'ㆆ'탈락으로 설명할 수 있으므로 '싫-(載)'을 기저형으로 설정할 수 있다.

6 김광헌(2002:6)에서는 신안 지도지역어에서, 김경표(2013:23)에서는 신안지역어에서, 이진숙(2013:27)에서는 진도지역어에서 '애'와 '에'가 구분되지 않는다고 한다.

7 'y, w'는 일반적으로 '반모음(semi-vowel)'이라는 용어를 사용하는데 본고에서는

들어진 'y'계 이중모음은 '여, 야, 유, 요, 예(yE)'가 있고 'w'계 이중모음은 '워, 와, 웨(wE)'가 있는데 이들 모두 활음이 단모음보다 선행하는 상향이중모음이다. 'y'계 이중모음의 예로 '여럿(多), 미역, 별~벨, 야달(八), 야차서(淺), 유리(琉璃), 규칙(規則), 종류(種類), 요(褥), 교실(教室), 예:이(禮儀), 예물(禮物)'이 있고 'w'계 이중모음의 예로 '원망(怨望), 정월(正月), 꿩(雉), 왕(王), 지와(瓦), 확독'이 있다. 이 지역어의 이중모음 중에서 'y'계 이중모음의 숫자가 'w'계 이중모음의 숫자보다 더 많다. 현대 국어의 이중모음 '의'는 이 지역어에서 '으논(의논, 議論), 으심(의심, 疑心)'처럼 단모음 '으'로 실현되고 있다. 그리고 이 지역어에서는 '일(一)-일:(事), 눈(眼)-눈:(雪)'처럼 장단으로 단어를 변별하는 음장이 존재한다.

## 3. 모음과 관련된 음운현상

### 3.1. 모음의 완전순행동화

모음의 완전순행동화는 '이, 애'말음 어간이나 'ㅎ, ㆆ' 말음 어간이 어미[8]와 결합할 때 후행하는 어미의 모음이 어간말음절의 모음과 같아지는 것을 말한다. 어간말음절의 종류와 어간의 음절 수로 나누어 살펴보고자 한다.

(1) ㄱ. /기-+어서/→/기이서/→/기:서/→[기:서](기-, 匍匐)
/끼-+어서/→/끼이서/→/끼:서/→[끼:서](끼-,挾)

---

활음이라는 용어를 쓰고자 한다.

8 본고에서는 어미 '어'나 '아'가 어휘부에 존재하며 어간의 모음에 따라 선택적으로 사용된다고 본다.

/끼:-+었다/→/끼있다/→/낃:따/→[낃:따](끼:-, 屁)
/디:-+어서/→/디이서/→/디:서/→[디:서](디:-, 燙)
/띠:-+어라/→/띠이라/→/띠:라/→[띠:라](띠:-, 分離)
/비-+어라/→/비이라/→/비:라/→[비:라](비-, 除草)
/씨:-+어서/→/씨이서/→/씨:서/→[씨:서](씨:-, 强)
/키-+어서/→/키이서/→/키:서/→[키:서](키-, 點燈)
/피-+어서/→/피이서/→/피:서/→[피:서](피-, 伸)
ㄴ. /끼-+어서/→/끼어서/→[끼어서](끼-, 霧)
/피-+어서/→/피어서/→[피어서](피-, 吸煙)

(1ㄱ)은 어간말음절의 모음이 '이'인 1음절 어간으로 어미초 두음 '어'가 어간말음절의 모음 '이'에 완전순행동화된 후에 동일모음 축약이 되고 이에 대한 보상적 장모음화 결과 장모음이 나타난다. 그런데 (1ㄴ)은 (1ㄱ)의 자료들과 동일한 환경임에도 불구하고 모음의 완전순행동화가 일어나지 않았다. 정확한 이유를 알 수 없으나 단어의 의미적인 부분이 영향을 준 것으로 추정된다.

(2) ㄱ. /모이-+어라/→/모이이라/→[모이라](모이-, 集)
/이기-+었다/→/이기있다/→/이깄다/→[이긷따](이기-, 勝)
ㄴ. /이기-어서/→/이겨서/→/이게서/→[이게서](이기-, 勝)
ㄷ. /땡기-+어라/→/땡기어라/→/땡겨라/→[땡겨라](땡기-, 引)

(2ㄱ)은 어간말음절의 모음이 '이'인 2음절 어간으로 완전순행동화 이후에 동일 모음이 축약된 후 실현된 것이다. (2ㄴ)은 활음화 이후에 '여→에' 축약이 일어났는데 전남방언에서 일반적인 모습이다. (2ㄷ)은 활음화 과정을 거쳐 실현된 것이다. 현대 국어에서 어간말음절의 모음이 '이'인

어간과 모음으로 시작하는 어미가 결합할 때 활음화 이후에 실현되는 '이+어→여'형, '여→에' 축약 이후에 실현되는 '이+어→에'형, 모음의 완전순행동화 이후에 실현된 '이+어→이'형이 있는데 흑산도지역어에서는 세 가지 형태가 모두 나타나고 있다. 전남 방언에서는 어간말음절의 모음이 '이'인 2음절 어간의 경우에 (2ㄴ)과 같은 활용형이 일반적으로 나타나고 (2ㄷ)과 같은 활용형도 나타난다. 그런데 (2ㄱ)과 같은 활용형은 경남 방언에서 주로 나타나는 형태로 특이하다고 할 수 있다.[9]

(3) /깨:-+아서/→/깨애서/→/깨:서/→[깨:서](깨:-, 破)
/때:-+아서/→/때애서/→/때:서/→[때:서](때:-, 炊)
/매-+아라/→/매애라/→/매:라/→[매:라](매:-, 係)
/배:-+아서/→/배애서/→/배:서/→[배:서](배:-, 胚)
/빼-+아서/→/빼애서/→/빼:서/→[빼:서](빼-, 拔)
/새:-+아서/→/새애서/→/새:서/→[새:서](새:-, 漏)

(3)은 어간말음절의 모음이 '애'인 어간으로 어미초 두음 '어'가 어간말음절의 모음 '애'에 완전순행동화된 후에 동일모음 축약이 되고 이에 대한

9 이진숙(2014:120~125)에서는 담양 지역어의 경우에 모음의 완전순행동화 이후에 실현된 '이+어→이'형이 나타나며 경남 방언의 영향을 받은 것이라고 했는데 흑산도지역어의 경우에는 경남 지역과 멀리 떨어져 있어서 '이+어→이'형이 실현되는 이유를 담양 지역어처럼 설명하기 어렵다. 또한 완전순행동화 현상이 흑산도까지 전파되었다고 보기 어려운 이유는 영암이나 신안, 진도 지역어에서는 이러한 활용형이 나타나지 않기 때문이다. 한 가지 가능성은 신안지역어에서 '빌(星), 빙(病)'과 같은 자료들이 나타나는데 이런 단어들이 활용형에 영향을 미쳤다고 볼 수 있다. 그리고 흑산도에 오는 관광객이나 60년대 파시가 형성될 때 왔던 선원들의 영향을 받았을 것으로 추정할 수 있다. 그런데 흑산도에 오는 관광객은 대부분 홍도를 보고 흑산도에 와서 숙박을 하지 않고 전세버스를 타고 2시간 정도 관광하고 식사한 후에 가는 경우가 대부분이기 때문에 흑산도지역어에 어떤 영향을 미쳤다고 보기에는 힘들 것 같다.

보상적 장모음화 결과 장모음이 나타난다. 어간말음절의 모음이 '애'인 어간은 어간말음절이 '이'인 1음절 어간 중 (1ㄱ')과 같은 활용형이 나타나지 않고 모두 완전순행동화가 적용되었다.

(4) /땋:-+응께/→/따응께/→/따앙께/→/땅:께/→[땅:께](땋:-, 辮) cf> 따코

(4)는 어간말음절의 자음이 'ㅎ'인 어간으로, 이 어간이 '으'로 시작하는 어미와 결합할 때 후음 'ㅎ'이 탈락하고 어미초 두음 '으'가 어간말음절의 모음 '아'에 완전순행동화된 후에 동일모음 축약이 되며 이에 대한 보상적 장모음화 결과 장모음이 나타난다. 어미 '으'는 국어에서 약모음으로 선행하는 모음에 의해 동화된다.

흑산도지역어에서 어간말음절의 모음이 '이'인 1음절 어간이나 2음절 어간의 경우에 특이한 모습을 보였는데 흑산도 주변지역과 어떤 차이가 있는지 살펴보자.

(5) ㄱ. 기어서, 쪄서
ㄴ. 기어서, 피어서
ㄷ. 기어서~겨:서, 비어서~벼:서, 시어서~셔:서

(5)는 어간말음절의 모음이 '이'인 1음절 어간으로 (5ㄱ)은 신안 지도지역어(김광헌 2002:38), (5ㄴ)은 신안지역어(김경표 2013:93), (5ㄷ)은 진도지역어(이진숙 2013:120) 자료이다. 신안 지역어의 경우에는 모음의 완전순행동화가 일어나지 않았는데 흑산도지역어에서는 어간과 어미가 결합할 때 모음의 완전순행동화가 일어나는 것이 일반적인 현상이고 어떤 음운 규칙도 적용되지 않은 활용형도 일부 나타나고 있다. 진도 지역어에서는 음운 규칙이 적용되지 않은 활용형과 활음화된 활용형이 나타나고 있어서

흑산도지역어와 차이가 있다.

(6) ㄱ. 비베서, 땡게서, 다체서, 옹게서

ㄴ. 댕겨서, 모지레서

ㄷ. 마세서, 데께서, 니페

(6)은 어간말음절의 모음이 '이'인 2음절 어간으로 (6ㄱ)은 신안 지도지역어(김광헌 2002:38), (6ㄴ)은 신안 지역어(김경표 2013:93), (6ㄷ)은 진도지역어(이진숙 2013:120) 자료이다. 신안 지역어에서는 '여→에' 축약 이후에 실현되는 '이+어→에'형이 일반적으로 나타나고 활음화 이후에 실현되는 '이+어→여'형도 일부 나타난다. 흑산도지역어에서도 비슷한 양상을 보이지만 모음의 완전순행동화 이후에 실현된 '이+어→이'형이 나타나고 있어서 차이가 있다. 그리고 진도지역어에서는 '여→에' 축약 이후에 실현되는 '이+어→에'형만 나타나고 있어서 흑산도지역어와 차이가 있다.

### 3.2. 활음화

활음화는 어간말음절의 모음 '오, 우'나 '이'인 어간이 '아'나 '어'로 시작하는 어미와 결합할 때 모음충돌을 피하기 위해서 '오, 우'는 활음 'w'로, '이'는 활음 'y'로 바뀌는 현상을 말한다. 먼저 'w-활음화'를 살핀 후에 'y-활음화'도 살펴보기로 한다.

#### 3.2.1. w-활음화

'w-활음화'는 어간말음절의 모음 '오, 우'가 어미초 '아'나 '어'와 결합할 때 활음 'w'로 바뀌는데 활용에서만 나타난다. 어간말음절의 종류와 어

간의 음절 수로 나누어 살펴보자

(7) ㄱ. /오-+아/→/와/→[와](오-, 來)

ㄴ. /보-+아서/→/봐서/→/바:서/→[바:서](보-, 看)

/쏘-+아/→/쏴/→[쏴](쏘-, 射)

(7ㄱ)은 어간말음절의 모음이 '오'이고 초성이 없는 1음절 어간으로 어간말음절 '오'가 어미초 '아'와 결합할 때 활음 'w'로 바뀌었다. (7ㄴ)은 어간말음절의 모음이 '오'이고 초성이 있는 1음절 어간으로 (7ㄱ)과 다른 양상을 보인다. '보-(看)' 어간의 경우에 활음화 후 활음 'w'의 탈락이 일어나 (7ㄱ)과 차이가 있다.

(8) ㄱ. /놓-+아라/→/노아라/→/놔라/→[놔라](놓-, 放)

ㄴ. /좋-+아서/→/조아서/→[조아서](좋-, 好)

(8ㄱ)은 어간말음절이 'ㅎ'이고 1음절 어간인 경우로 후음 'ㅎ'이 탈락한 후에 활음화가 일어났다. 그런데 (8ㄴ)은 동일한 환경이지만 후음 'ㅎ'이 탈락한 후에 활음화가 일어나지 않았다.

(9) /꾸-+었어/→/꿔써/→[꿔써](꾸-, 夢)

/주-+어서/→/줘서/→[줘서](주-, 與)

/누-+어서/→/눠서/→[눠서](누-, 尿)[10]

10 영암 지역어(이상신 2008:93)에서는 활음화 이후에 '워→오' 축약이 일어난 '노:도'가 나타난다.

(9)는 어간말음절의 모음이 '우'이고 초성이 있는 1음절 어간으로 어간말음절 '우'가 어미초 '어'와 결합할 때 활음 'w'로 바뀌었다.

(10) ㄱ. /배우-+아서/→/배와서/→[배와서](배우-, 學)
/키우-+어서/→/키워서/→[키워서](키우-, 飼育)
/야우-+어서/→/야워서/→[야워서](야우-, 腴)
ㄴ. /가두-+아/→/가돠/→[가돠](가두-, 囚)
/메꾸-+어라/→/메꿔라/→[메꿔라](메꾸-, 塡)
/꼬누-+아서/→/꼬놔서/→/꼬나서/→[꼬나서](꼬누-, 照準)
/나누-+아서/→/나놔서/→/나나서/→[나나서](나누-, 分)
/바꾸-+아서/→/바꽈서/→/바까서/→[바까서](바꾸-, 換)

(10ㄱ)은 어간말음절의 모음이 '우'이고 초성이 없는 2음절 어간으로 활음화가 일어났다. 그리고 2음절 어간의 첫음절이 '애'인 경우에는 부사형어미 '-아X'와 결합하고 첫음절이 '이'인 경우에는 '-어X'와 결합한다. 그리고 첫음절이 '야'인 경우에는 '-어X'로 교체되었다. (10ㄴ)은 어간말음절의 모음이 '우'이고 초성이 있는 2음절 어간으로 (10ㄱ)처럼 활음화가 일어난 경우도 있지만 활음화 후 활음 'w'의 탈락이 일어난 경우도 있다. 2음절 어간의 첫음절이 '아, 오'인 경우에 부사형어미 '-아X'와 결합하고 첫음절이 '에'인 경우에는 '-어X'와 결합한다. (7ㄴ)과 (10ㄴ)처럼 어간말음절이 모음이고 초성이 있는 어간의 경우에 활음화 후 활음 'w'의 탈락이 일어나는 것을 알 수 있다.

(11) /누:-+어서/→/눠서/→[눠서](눕:-~누:-, 臥)[11]

---

**11** '눕:-'은 자음어미 앞의 어간 기저형이고 '누:-'는 매개모음 어미와 모음어미 앞의

(11)은 ㅂ-불규칙 용언으로 복수기저형 중 어간말이 모음으로 끝나는 기저형을 기준으로 했을 때 1음절 어간으로 복수 기저형 중 모음으로 시작하는 어미와 결합할 때 어간의 모음 '우'가 어미초 '어'와 결합한 후 활음 'w'로 바뀌었다.

(12) /고우-+아서/→/고와서/→[고와서](곱-~고우-, 麗)
/도우-+아/→/도와/→[도와](돕-~도우-, 助)
/매우-+아서/→/매와서/→[매와서](맵-~매우-, 辛)
/추우-+아서/→/추와서/→[추와서](춥-~추우-, 寒)
/애로우-+아서/→/애로와서/→/애로와서](애롭-~애로우-, 孤)
/무서우-+어서/→/무서워서/→[무서워서](무섭-~무서우-, 恐)
/어두우-+어서/→/어두워서/→[어두워서](어둡-~어두우-, 暗)

(12)는 ㅂ-불규칙 용언으로 복수기저형 중 어간말이 모음으로 끝나는 기저형을 기준으로 했을 때 2음절 이상인 어간으로 어간말음절의 모음 '우'가 어미초 '아'나 '어'와 결합할 때 활음 'w'로 바뀌었다. 2음절 어간의 첫음절이 '오, 애'인 경우에 부사형어미 '-아X'와 결합하고 첫음절이 '우'인 경우에는 '-아X'로 교체되었다. 3음절 어간의 둘째 음절이 '오'인 경우에 부사형어미 '-아X'와 결합하고 둘째 음절이 '어, 우'인 경우에는 '-어X'와 결합한다.

흑산도 주변지역과는 어떤 차이가 있는지 살펴보자.

(13) ㄱ. 와서, 돌바서, 바:라, 싸:서, 까:서
ㄴ. 와서, 바:서, 과:서~고아서

---

어간 기저형이다. 아래의 자료도 복수 기저형과 그 출현 환경을 제시한 것이다.

ㄴ'. 노아서, 조아서

ㄷ. 와서/아서, 봐라/바서, 쏘아~쏴

(13ㄱ)은 신안 지도지역어(김광헌 2002:36~37), (13ㄴ,ㄴ')은 신안 지역어(김경표 2013:62~63, 97~99), (13ㄷ)은 진도 지역어(이진숙 2013:134~136) 자료이다. (13)은 어간말음절의 모음이 '오'인 어간으로 (13ㄱ)은 흑산도지역어에 비해서 활음화 후 활음 'w'의 탈락이 일어나는 경향이 높게 나타난다. (13ㄴ)은 대체적으로 흑산도지역어와 비슷한 모습을 보인다. (13ㄴ')은 어간말음절이 'ㅎ'이고 1음절 어간인 경우로 활음화가 일어나지 않고 있다. (13ㄷ)은 흑산도지역어와 다르게 활음화가 일어난 경우와 활음화가 일어나지 않은 경우가 함께 나타난다.

(14) ㄱ. 처라, 써라, 바까라, 나나, 가다라

ㄴ. 눠:서, 꿔서, 줘서/주어서, 배워서/배와서, 키워서/키어서, 가다서/가둬서, 바까서, 나나서

ㄷ. 구어~궈:, 꾸어~꿔, 누어~눠, 쑤어~쒀:, 줘서, 나나서, 바까서, 잡싸

(14ㄱ)은 신안 지도지역어(김광헌 2002), (14ㄴ)은 신안 지역어(김경표 2013), (14ㄷ)은 진도 지역어(이진숙 2013) 자료이다. (14)는 어간말음절의 모음이 '우'인 어간으로 (14ㄱ)은 초성이 있는 경우에 활음화 후 활음 'w'의 탈락이 일어나는 경우만 나타난다. (14ㄴ)은 1음절이나 초성이 없는 경우에 활음화가 일어나는 경향이 높고 초성이 있는 경우에는 활음화 후 활음 'w'가 탈락하는 경향이 높은데 흑산도지역어와 비슷하다. (14ㄷ)은 초성이 있는 경우로 1음절 어간의 경우에 활음화가 일어나지 않은 경우가 함께 나타나 흑산도지역어와 차이가 있다.

(15) ㄱ. 더와서, 누워서, 부러와서, 도아라, 게로아

ㄴ. 구워서, 고와서, 도와서, 주워서, 매와서, 추와서, 어두와서~어더서, 가까워서~가차서, 까다로와서

ㄷ. 도와/도아, 고와, 미워/미어~며:, 추와~추워, 아쇠~아사

(15ㄱ)은 신안 지도지역어(김광헌 2002), (15ㄴ)은 신안 지역어(김경표 2013), (15ㄷ)은 진도 지역어(이진숙 2013) 자료이다. (15)는 ㅂ-불규칙 용언으로 (15ㄱ)은 활음화가 일어난 경우와 활음화 후 활음 'w'의 탈락이 일어나는 경우가 공존하고 있다. (15ㄴ)은 흑산도지역어와 비슷하다. (15ㄷ)은 활음화가 일어난 경우와 활음화 후 활음 'w'의 탈락이 일어나는 경우가 공존하고 있다.

이상에서 흑산도지역어는 어간말음절의 모음이 '오'이고 1음절인 경우에 다른 지역어에 비해서 활음화가 잘 일어나고 어간말음절의 모음이 '우'인 경우나 ㅂ-불규칙 용언의 경우에는 비슷한 모습을 보임을 확인할 수 있었다.

### 3.2.2. y-활음화

'y-활음화'는 어간말음절의 모음 '이'가 어미초 '아'나 '어'와 결합할 때 활음 'y'로 바뀌는 현상이다. 어간말음절의 종류와 어간 음절 수로 나누어 살펴보자.

(16) ㄱ. /이-+어라/→/여라/→[여라](이-, 載)

(16)는 어간말음절의 초성이 없는 1음절 어간으로 어간말음절의 모음 '이'가 어미초 '어'와 결합할 때 활음 'y'로 바뀌었다. 활음화 이후에 실현

되는 '이+어→여' 형이다. 그런데 (2ㄱ)의 '모이라' 처럼 어간말음절의 초성이 없는 2음절 어간의 경우에는 활음화가 일어나지 않고 모음의 완전순행동화가 일어난 경우도 있다. 어간말음절의 초성이 있는 1음절 어간의 경우에는 (1ㄱ)처럼 모음의 완전순행동화가 일어나는 경향이 높으며 (1ㄴ)처럼 어떤 음운현상도 일어나지 않는 경우도 공존한다.

(17) /전디-+어라/→/전뎌라/→[전뎌라](전디-, 忍)
/기리-+어서/→/기려서/→[기려서](기리-, 畵)
/끼리-+어/→/끼려/→[끼려](끼리-, 湯)
/누비-+어서/→/누벼서/→[누벼서](누비-, 縫)
/댕기-+어서/→/댕겨서/→[댕겨서](댕기-, 行)
/데리-+어/→/데려/→[데려](데리-, 熨)
/땡기-+어라/→/땡겨라/→[땡겨라](땡기-, 引)
/부시-+어서/→/부셔서/→[부셔서](부시-, 照)
/식히-+어/→/시키어/→/시켜/→[시켜](식히-, 使冷)
/애리-+어/→/애려/→[애려](애리-, 痛)
/이기-+어서/→/이겨서/→/이게서/→[이게서](이기-, 勝)
/제리-+어/→/제려/→[제려](제리-, 痲)
/데끼-+어라/→/데껴라/→[데껴라](데끼-, 搗)

(17)은 어간말음절의 초성이 있는 2음절 어간으로 어간말음절의 모음 '이'가 어미초 '어'와 결합할 때 활음 'y'로 바뀌었다. 활음화 이후에 실현되는 '이+어→여' 형이 대부분이다. 그런데 '이게서'의 경우에는 '여→에' 축약 이후에 실현되는 '이+어→에' 형으로 조사한 자료 중에서는 하나만 있다.

(18) /일으키-+어서/→/이르켜서/→[이르켜서](일으키-, 使起)
/지달리-+었다/→/지달렸다/→/지달렫따/→[지달렫따](지달리-, 待)
/뚜드리-+어서/→/뚜드려서/→[뚜드려서](두드리-, 敲)
/자빼뜨리-+어라/→/자빼뜨려라/→[자빼뜨려라](자빼뜨리-, 掊)

(18)은 어간말음절의 초성이 있는 2음절 이상의 어간으로 활음화가 일어났다.

(19) ㄱ. /지-+어/→/져/→/저/→[저](지-, 負)
/찌-+어/→/쪄/→/쩌/→[쩌](찌-, 蒸)
ㄴ. /고치-+어서/→/고쳐서/→/고처서/→[고처서](고치-, 改)
/맨치-+어라/→/맨쳐라/→/맨처라/→[맨처라](맨치-, 挲)
/히치-+어서/→/히쳐서/→/히처서/→[히처서](히치-, 洗)
ㄷ. /자빠지-+어서/→/자빠져서/→[자빠저서](자빠지-, 到)
/뿌러지-+어서/→/뿌러져서/→[뿌러저서](뿌러지-, 折)
/오그러지-+어서/→/오그러져서/→[오그러저서](오그러지-, 蹙)

(19ㄱ~ㄷ)은 '경구개음+이'의 구조로 된 어간으로 어간말음절의 모음 '이'가 어미초 '어'와 결합할 때 활음 'y'로 바뀌었다. 그리고 예외 없이 활음화 후에 활음 'y'가 탈락하였다.[12] 이상신(2008:101)에서 논의한 것처럼 어간말음이 경구개음이 아닌 '여라'(이-, 載)의 경우에 어간말 '이'가 탈락한 것이라면 '어라'가 나타나게 되므로 문제가 된다. 그리고 '던제라'나 '쩌라'를 합리적으로 설명하기 위해서는 활음화 후에 활음 'y'가 탈락했다고

12 한성우(1996: 62-63)에서는 당진지역어에서 음장의 변화가 없는 것을 잘 설명할 수 있어서 어간말 '이'가 삭제된 것으로 보고 있는데 본고에서는 활음화 이후 활음 'y'가 탈락한 것으로 본다.

봐야 한다.

흑산도 주변지역과 어떤 차이가 있는지 살펴보자.

(20) ㄱ. 기어서

ㄴ. 펴서/피어서~피:서, 켜:서~키어서, 껴:서~끼어서, 기어서

ㄷ. 기어서~겨서, 비어서~벼서, 이어서~여서

(20ㄱ)은 신안 지도지역어(김광헌 2002:38, 54), (20ㄴ)은 신안 지역어(김경표 2013:99~101), (20ㄷ)은 진도 지역어(이진숙 2013:131~133) 자료이다. (20)은 1음절 어간으로 (20ㄱ)은 활음화가 일어나지 않았다. (20ㄴ, ㄷ)은 활음화가 일어난 경우와 어떤 음운 규칙도 적용되지 않은 경우가 공존하고 있어서 흑산도지역어와 차이가 있다.

(21) ㄱ. 숭게라, 비베서, 뗑게서, 다체서, 옹게서, 겡게따, 빌레제페서, 시케서, 끼레라, 에레서, 앙체라, 걸레, 추레서, 풀레서, 이게서,

ㄴ. 뎅겨서, 시켜서, 데려서, 마셔서, 비벼서, 이겨서~이게서, 네려서

ㄷ. 고여, 모여, 이겨~이게, 댕겨~댕게, 매껴~매께, 니베, 비벼서~비베서, 전데서, 차려

(21ㄱ)은 신안 지도지역어(김광헌 2002), (21ㄴ)은 신안 지역어(김경표 2013), (21ㄷ)은 진도 지역어(이진숙 2013) 자료이다. (21)은 2음절 어간으로 (21ㄱ)은 모두 활음화가 적용된 후 '여→에' 축약이 일어난 형태만 나타나 흑산도지역어와 차이가 있다. (21ㄴ)은 활음화가 일어난 경우가 대부분이어서 흑산도지역어와 차이가 없다. (21ㄷ)은 활음화가 적용된 경우와 활음화 후에 '여→에' 축약이 일어난 경우가 공존하고 있어서 흑산도지역어와 차이가 있다.

(22) ㄱ. 쩌서, 천따

ㄴ. 저서, 처서, 쩌서, 갈처서, 뿌러저서

ㄷ. 쩌서, 갈처서

(22ㄱ)은 신안 지도지역어(김광헌 2002), (22ㄴ)은 신안 지역어(김경표 2013), (22ㄷ)은 진도 지역어(이진숙 2013) 자료이다. (22)는 '경구개음+이'의 구조로 된 어간으로 (22ㄱ~ㄷ)은 활음화 후에 활음 'y'의 탈락이 일어나 흑산도지역어와 차이가 없다.

이상에서 흑산도지역어에서는 1음절 어간의 경우에 활음화가 잘 일어나지 않는다. 2음절 이상인 어간의 경우에 다른 지역어에서는 활음화가 적용된 후 '여→에'축약이 일어난 형태가 잘 나타나는데 흑산도지역어는 y-활음화가 주로 일어나고 있어서 차이가 있다.

### 3.3. 전설모음화

전설모음화는 치조음 'ㅅ, ㅆ'과 경구개음 'ㅈ, ㅊ, ㅉ'아래에서 모음 '으'가 '이'로 바뀌는 음운현상이다.[13] 형태소 경계에서 어떤 모습을 보이는지 살펴보자.[14]

---

**13** 정인호(1995:65)에서는 화순지역어에서 전설모음화의 동화주로 'ㅈ, ㅉ, ㅊ, ㅅ, ㅆ, ㄴ, ㄹㅎ, ㄹㅎ'를 제시하고 있다. 강희숙(2002)에서도 전설모음화의 동화주로 'ㄹ'를 추가하고 있는데 흑산도지역어에서도 형태소 내부에서 '가리(가루), 자리(자루)'가 나타나므로 전설모음화의 동화주로 'ㄹ'을 설정할 수 있다.

**14** 형태소 내부에서 전설모음화가 일어나는 예를 제시하면 '가실(秋), 마실/마슬(村), 베실(벼슬), 씨리다/쓰리다(痛), 거실로(거슬로)'가 있다. 그런데 '가스나이(가시나), 머스마(머시마), 소스랑(소시랑), 측(칡), 자슥(자식), 오증어(오징어)'처럼 전설모음화가 일어나지 않은 경우도 공존하고 있다.

(23) ㄱ. /낫+으로/→/나스로/→[나시로][나스로](낫)

ㄴ. /늦-+응께/→/느증께/→/느징께/→[느징께](늦-, 遲)

/쫓-+응께/→/쪼층께/→/쪼칭께/→[쪼칭께](쫓-, 追)

ㄷ. /있-+으문/→/이쓰문/→/이씨문/→[이씨문][이쓰문](있-, 有)

ㄷ′. / 긋:-응께/→/그승께/→[그승께](긋:-, 劃),

/낫:-+응께/→/나승께/→[나승께](낫:-, 癒)

/짓-+응께/→/지승께/→[지승께](짓-, 吠)

(23ㄱ)은 ‘ㅅ’ 아래에서 ‘으로’가 ‘이로’로 바뀌었다. 그런데 이상신(2008:82~83)에서는 ‘이로’가 전설모음화가 된 것이 아니라 곡용어미로 ‘으로’의 자유변이로 파악하고 있다.[15] ‘나시로’와 ‘나스로’가 같이 나타나므로 ‘이로’는 ‘으로’의 자유변이로 보는 것이 타당할 것 같다. 그렇다면 (23ㄱ)은 전설모음화의 예가 아니다. (23ㄴ)은 어간말음절의 자음이 ‘ㅈ, ㅊ’일 때 전설모음화가 일어난 경우이다. (23ㄷ)은 어간말음절의 자음이 ‘ㅆ’인 경우로 ‘있-’ 어간은 전설모음화가 일어난 형태와 일어나지 않은 형태가 공존하고 있다.[16] (23ㄷ′)은 어간말음절의 자음이 ‘ㅅ’인 경우로 전설모음화가 일어나지 않고 있다.

흑산도 주변지역과 어떤 차이가 있는지 살펴보자.

(24) ㄱ. 소시로, 바티로, 미티로, 포시로, 꼬시로, 나지로, 저시로

ㄴ. 나시로~나스로, 오시로~오스로, 저시로, 밤나시로

---

15 이진숙(2013)도 같은 입장을 취하고 있다. 그런데 김옥화(2001:151)에서는 부안지역어에서, 정인호(2004:80)에서는 화순지역어에서 ‘이로’는 전설모음화가 일어난 것으로 보고 있다.

16 영암지역어(이상신 2008:84)에서는 과거시제 선어말어미 ‘-았-’의 ‘ㅆ’ 아래에서는 ‘ㅅ’이나 ‘ㅈ’에 비해 전설모음화가 잘 일어난다고 한다.

(24ㄱ)은 신안 지도지역어(김광헌 2002:14, 29), (24ㄴ)은 진도 지역어(이진숙 2013:128~131) 자료이다. (24)는 곡용의 예로 (24ㄱ)은 'ㅅ, ㅌ, ㅈ' 아래에서 '이로'로 나타나고 있으므로 '으로'의 자유변이로 볼 수 있다.[17] (24ㄴ)도 'ㅅ' 아래에서 '이로'와 '으로'가 같이 나타나므로 '이로'를 '으로'의 자유변이로 볼 수 있다.

(25) ㄱ. 꼬징께, 쪼칭께, 안징께
ㄴ. 느징께, 이징께, 쪼칭께, 앙징께

(25ㄱ)은 신안 지역어(김경표 2013:96~97), (25ㄴ)은 진도 지역어(이진숙 2013) 자료이다. (25)는 경구개음 아래에서 일어나는 전설모음화이다.

(26) ㄱ. 지승께, 이승께, 저승께, 끄승께, 부승께
ㄴ. 이씽께~이씅께, 그승께, 없씅께
ㄷ. 이씽께~이씅께, 해:씅께~해:씽께, 업:씅께~업:씽께, 그승께, 이승께, 지승께

(26ㄱ)은 신안 지도지역어(김광헌 2002), (26ㄴ)은 신안 지역어(김경표 2013), (26ㄷ)은 진도 지역어(이진숙 2013) 자료이다. (26)은 치조음 아래에서 전설모음화가 일어나는지를 살피는 것으로 (26ㄱ)은 전설모음화가 일어나지 않았다. (26ㄴ)은 '있-' 어간은 전설모음화가 일어난 경우와 일어나지 않은 경우가 공존하고 있고 다른 예는 전설모음화가 일어나지 않았다. (26ㄷ)은 '있-, 했:-, 없-' 어간의 경우에는 전설모음화가 일어난 경우

17 김광헌(2002:45)에서는 곡용에서 전설모음화의 동화주로 'ㄹ'과 'ㅅ'을 제시하고 있다.

와 일어나지 않은 경우가 공존하고 있고 다른 예는 전설모음화가 일어나지 않아서 흑산도지역어와 비슷하다.

이상에서 흑산도지역어에서는 치조음 'ㅆ' 아래에서는 전설모음화가 수의적으로 일어나고 경구개음 'ㅈ, ㅊ, ㅉ' 아래에서는 필수적으로 일어나는데 다른 지역어와 비슷한 모습을 보인다.

## 4. 결론

본고에서는 흑산도지역어에 존재하는 음소목록을 제시하고 활용에서 모음과 관련된 음운 현상을 살펴보았다. 이 장에서는 위에서 논의한 내용을 요약함으로써 이 지역어의 모음과 관련된 음운 특징을 제시하고자 한다.

흑산도지역어는 20개(ㅂ, ㅃ, ㅍ, ㄷ, ㄸ, ㅌ, ㄱ, ㄲ, ㅋ, ㅈ, ㅉ, ㅊ, ㅅ, ㅆ, ㅎ, ㆆ, ㅁ, ㄴ, ㅇ, ㄹ)의 자음이 존재한다. 그리고 9개(이, 에(E), 위, 외, 으, 어, 아, 우, 오)의 단모음이 존재한다. 이 지역어에는 활음 'y'와 활음 'w'가 있는데 'y'계 이중모음은 '여, 야, 유, 요, 예(yE)'가 있고 'w'계 이중모음은 '워, 와, 웨(wE)'가 있다. '의'의 경우 '으논(의논, 議論), 으심(의심, 疑心)'처럼 '으'로 실현되고 있다.

흑산도지역어에서 모음과 관련된 음운 현상 중 모음의 완전순행동화, 활음화, 전설모음화를 살펴보았다. 모음의 완전순행동화는 흑산도지역어에서 어간말음절의 모음이 '이'인 1음절 어간이나 2음절 어간의 경우에 특이한 모습을 보이는데 1음절 어간의 경우에 흑산도지역어에서는 모음의 완전순행동화가 일어나는 것이 일반적인 현상이고 어떤 음운 규칙도 적용되지 않는 경우도 일부 나타나고 있다. 신안 지역어의 경우에는 모음의 완전순행동화가 일어나지 않았고 진도 지역어에서는 음운 규칙이 적용되지 않은 활용형과 활음화된 활용형이 나타나고 있어서 차이가 있다. 2음절 어간의 경우에 흑산도지역어에서는 모음의 완전순행동화 이후에 실현된 '이+어→이'형이 나타나고 있는데 신안 지역어에서는 '여→에' 축약 이후에 실현되는 '이+어→에'형이 일반적으로 나타나고 활음화 이후에 실현되는 '이+어→여'형도 일부 나타나 차이가 있다. 그리고 진도지역어에서는 '여→에' 축약 이후에 실현되는 '이+어→에'형만 나타나고 있어서 차이가 있다.

흑산도지역어에서는 'w-활음화'와 'y-활음화'가 있는데 'w-활음화'의 경우에 흑산도지역어는 어간말음절의 모음이 '오'이고 1음절인 경우에 다른 지역어에 비해서 활음화가 잘 일어나고 어간말음절의 모음이 '우'인 경우에 활음화가 일어난 경우도 있지만 활음화 후 활음 'w'의 탈락이 일어난 경우도 있다. ㅂ-불규칙 용언의 경우에는 활음화가 일어난 경우가 있지만 동일 모음이 탈락한 경우가 더 많은데 다른 지역과 비슷하다. 'y-활음화'의 경우에 흑산도지역어에서는 1음절 어간의 경우에 활음화가 잘 일어나지 않고 2음절 이상인 어간의 경우에 y-활음화가 주로 일어나지만 다른 지역어에서는 활음화가 적용된 후 '여→에' 축약이 일어난 형태가 잘 나타나 차이가 있다.

형태소 경계에서 일어나는 전설모음화를 살펴보았는데 흑산도지역어에서는 치조음 'ㅆ' 아래에서는 전설모음화가 수의적으로 일어나고 경구개음 'ㅈ, ㅊ, ㅉ' 아래에서는 필수적으로 일어나는데 다른 지역어와 비슷한 모습을 보인다. 'ㅅ' 아래에서 전설모음화가 일어나지 않고 있다. 그리고 형태소 내부에서는 유음 'ㄹ' 아래에서 전설모음화가 일어나는 경우도 존재한다.

본고에서는 흑산도지역어의 모음과 관련된 몇 가지 음운현상만을 다루었다. 미처 다루지 못한 모음과 관련된 음운현상과 자음과 관련된 음운 현상, 어간과 어미의 기저형에 대한 연구, 그리고 통시적인 연구가 진행된다면 흑산도지역어의 음운론적 특징이 보다 명확하게 드러날 것이다.

* 이 글은 2016년 ≪호남, 언어와 문학의 지역성≫에 실린 것을 재수록한 것이다.

## 참고문헌

강희숙(2002), 전설모음화의 발달과 방언 분화, ≪한국언어문학≫ 44, 한국언어문학회, 52-541.

국립국어원(2006), ≪지역어 조사 질문지≫, 태학사.

김경표(2012), 전남 도서지역과 해안지역의 부사형어미 '-아/어'의 교체, ≪방언학≫ 16, 한국방언학회, 187-215.

김경표(2013), 전남 도서 방언의 음운론적 대비 연구, 전남대 박사학위논문.

김광헌(2003), 신안 지도지역어의 음운론적 연구, 목포대 석사학위논문.

김옥화(2001), 부안지역어의 음운론적 연구, 서울대 박사학위논문.

김옥화(2004), 무주지역어 '어간+아X'의 음운과정, ≪국어교육≫ 113, 한국어교육학회, 499-524.

김웅배(1988), 흑산도 방언의 어휘자료, ≪도서문화≫ 6, 목포대 도서문화연구소, 315-340.

김정태(2006), 충남방언 활용에서의 음성모음화, ≪어문연구≫ 51, 어문연구학회, 279-299.

배주채(1994), 고흥방언의 음운론적 연구, 서울대 박사학위논문.

위 진(2010), 전설모음화의 발생과 적용 조건, ≪한국언어문학≫ 73, 한국언어문학회, 69-86.

이기갑(1989), 전남 신안지역의 언어지리적 성격, ≪도서문화≫ 7, 목포대 도서문화연구소, 127-135.

이돈주(1978), ≪전남방언≫, 형설출판사.

이상신(2008), 전남 영암지역어의 공시 음운론, 서울대 박사학위논문.

이승재(1980), 구례지역어의 음운체계, ≪국어연구≫ 45, 국어연구회.

이진숙(2013), 고흥 지역어와 진도 지역어의 음운론적 대비 연구, 전남대 박사학위논문.

이진숙(2014), 담양 지역어의 특징적인 음운현상, ≪국어학≫ 69, 국어학회, 105-133.

이진호(2003), 국어 ㅎ-말음 어간의 음운론, ≪국어국문학≫ 133, 국어국문학회, 168-191.

이진호(2005), ≪국어 음운론 강의≫, 삼경문화사.

이진호(2012), ≪한국어의 표준 발음과 현실 발음≫, 아카넷.

이해준(1988), 黑山島文化의 背景과 性格, ≪도서문화≫ 6, 목포대 도서문화연구소, 9-42.

임석규(2002), 음운탈락과 관련된 몇 문제, ≪국어학≫ 40, 국어학회, 113-138.

정인호(1995), 화순지역어의 음운론적 연구, ≪국어연구≫ 134, 국어연구회.

정인호(2004), 원평북방언과 전남방언의 음운론적 대조 연구, 서울대 박사학위논문.

조경만(1988), 흑산 사람들의 삶과 民間信仰, ≪도서문화≫ 6, 목포대 도서문화연구소, 133-185.

최계원·주인탁·서인석·김행미(1988), 黑山島의 産業技術, ≪도서문화≫ 6, 목포대 도서문화연구소, 187-232.

최전승(1986), ≪한국어 방언의 공시적 구조와 통시적 변화≫, 역락.

최전승(1998), 용언 활용의 비생성적 성격과 부사형어미: '-아/어'의 교체 현상, ≪국어문학≫ 133, 국어문학회, 115-162.

최전승(2009), ≪국어사와 국어방언사와의 만남≫, 역락.

한국정신문화연구원(1991), ≪한국방언자료집≫Ⅵ 전라남도편, 한국정신문화연구원.

한성우(1996), 당진 지역어의 음운론적 연구, ≪국어연구≫ 141, 국어연구회.

허경회(1988), 黑山面의 口碑文學 資料, ≪도서문화≫ 6, 목포대 도서문화연구소, 281-313.

홍순탁(1963), 玆山魚譜와 黑山島方言, ≪호남문화연구≫ 1, 전남대 호남문화연구소, 75-104.

# 흑산도지역어의 부사형어미 '-어X' 실현 양상

## 1. 서론

본고는 흑산도지역어의 활용에서 나타나는 부사형어미 '-어X'의 실현 양상을 밝히는 것을 목적으로 한다. 부사형어미의 실현 양상을 살피기 위해서는 활용에서 어간과 어미가 결합할 때 부사형어미가 '-아X'가 결합하는지 아니면 '-어X'가 결합하는지를 확인하면 된다.[1] 본고에서는 연구의 범위를 좁혀서 어간과 어미가 결합할 때 부사형어미 '-아X'가 와야 하나 '-어X'가 오는 경우를 중심으로 연구를 진행한다. 이러한 양상은 전국적으로 일어나고 있는데 흑산도지역어는 어떤지 확인할 것이다.

김경표(2012)에서는 전남 도서지역과 해안지역의 부사형어미 '-아/어'의 교체양상을 제시하고 있는데 흑산도에 대한 조사는 빠져 있고 도서지역 중에서 신안군의 임자면, 안좌면을 조사하여 부사형어미 '어'가 결합하는 양상을 보여 주었다. 임자면과 안좌면은 신안군에서 동쪽에 위치해 있으며 전남 내륙과 비교적 가까운 거리에 있고 흑산도는 신안군의 서쪽에 위치하고 있으며 전남 내륙과도 멀리 떨어져 있다. 김경표(2012)는 흑산도에 대한 연구가 없을 뿐만 아니라 신안군의 두 지역을 연구한 것으로 신안군의 언어적 특징을 모두 드러냈다고 할 수 없다.[2]

1 본고에서는 부사형어미 '-아X'를 기저형으로 설정하고 부사형어미 '-어X'는 기저의 부사형어미 '-아X'가 교체한 것으로 본다.

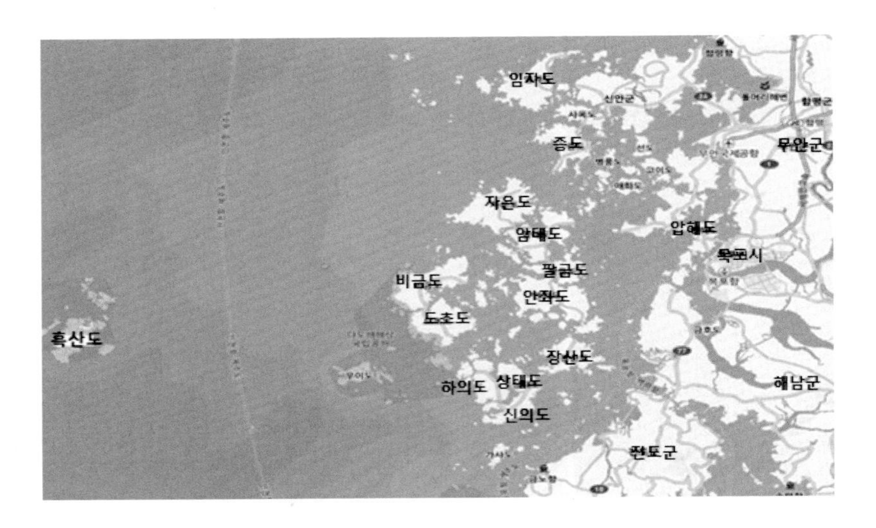


신안군 지도

신안군 지도를 보면 흑산도는 지리적으로 신안군의 다른 지역과 동떨어져 있는 것을 확인할 수 있다. 흑산도에 대한 연구는 홍순탁(1963), 이돈주(1978), 김웅배(1988) 등 어휘에 대한 연구와 허경회(1988)의 구비문학 자료가 있고 모음과 관련된 음운현상을 연구한 김경표(2014)가 있다. 그러나 활용에서 부사형어미의 실현 양상에 대한 연구는 아직까지 없다.[3] 흑산도지역어의 부사형어미에 대한 연구가 없으므로 신안방언에서 관련 자료와 연구들이 있는지 살펴보자. 신안방언에서 부사형어미의 실현 양상을

2 이기갑(1989)에서는 '박죽'이나 '빡죽' 어형이 신안군 지역에 나타나고 있어서 전남의 다른 내륙 지역에 비해 보수적인 지역으로 볼 수 있으나 이 어형들이 서남해 일대에서 보이고 있어서 신안지역의 언어가 독자적인 언어상황을 보인다고 하기에는 미흡하다고 했다. 그러나 신안지역에만 보수적으로 잔존형을 갖는 경우도 있을 수 있고 연구의 대상이 방언 어휘를 대상으로 한 것으로 본고처럼 활용에 대한 연구가 기존 연구와 비슷한 결과를 보일지는 알 수 없다.

3 흑산도에 대한 전반적인 연구는 목포대 도서문화연구소에서 진행되었는데, 이해준(1988), 조경만(1988), 허경회(1988)를 참고하기 바란다.

확인할 수 있는 자료로는 한국정신문화연구원(1991)의 ≪한국방언자료집≫ Ⅵ(전라남도편), 이기갑·고광모·기세관·정제문·송하진(1998)의 ≪전남방언사전≫ 자료가 있고 부사형어미의 실현 양상에 대해 언급한 연구는 신안군의 지도지역어를 연구한 김광헌(2003)과 신안군의 임자면과 안좌면을 조사하여 연구한 김경표(2012)가 있다. 그리고 신안군의 임자면, 안좌면, 장산면과 진도, 완도를 대상으로 음운론적 대비 연구한 김경표(2013)이 있다. 본고는 먼저 현재의 흑산도지역어 활용에서 부사형어미 -아X'가 와야 하나 '-어X'가 오는 경우를 중심으로 살피고 신안군의 다른 지역과도 비교할 것이다. 그리고 현재 흑산도지역어의 부사형어미 실현 양상이 과거와 비교해 어떤 모습을 보이는지 알아보기 위해 1980년대 흑산도지역어의 부사형어미 실현 양상을 살피고 전남의 다른 지역과도 비교를 하면서 전남 내륙과의 영향 관계도 살펴볼 것이다.

김경표(2012)를 보면 신안 방언의 경우에 어간말음절이 모음으로 끝나고 2음절 이상인 단어, 어간말음절이 자음으로 끝나고 어간의 모음이 '아'인 1음절, 2음절인 단어에서 부사형어미 -아X'가 와야 하나 '-어X'가 결합하는 모습을 보인다. 그러면 현재 흑산도지역어는 어떤 모습을 보이는지 먼저 몇몇 자료를 살펴보자.

① 가서, 서서, 가돠서, 거둬서, 바빼서, 고파서, 서둘러서

② 가머서, 우서서, 살머서, 굴머서

③ 가차서, 무거서, 매라서

①은 어간말음절이 모음으로 끝나는 경우로 '가서, 서서'는 1음절 어간으로 '가서'는 '/가+아서/ → [가서]'로, 부사형어미 '-아X'가 결합했다고 볼 수 있다. '가돠서, 거둬서, 바빼서, 고파서, 서둘러서'는 2음절 이상인 어간으로, '가돠서'는 자음으로 시작하는 어미와 결합한 형태인 '가두고'가

나타나므로 '/가두+아서/ → [가돠서]'이다. 첫음절의 모음이 '아'인 어간 중에서 '바빼서'만 부사형어미 '-어X'가 결합하였다. ②는 어간말음절이 자음으로 끝나는 경우로 '가머서, 살머서'는 첫음절의 모음이 '아'이고 부사형어미 '-어X'가 결합하였다. ③은 ㅂ-불규칙 용언으로 다른 지역어에서는 부사형어미 '-어X'가 결합하는 양상이 나타나지만 제시한 자료에서는 부사형어미의 첫음절이 생략되어 어떤 부사형어미가 결합했는지 알 수 없다. 이상에서 흑산도지역어의 경우에서도 어간말음절이 양성모음이면서 2음절 이상인 경우, 어간말음절이 자음이고 1음절, 2음절 양성모음인 경우를 살펴보면 부사형어미 '-어X'가 결합하는 양상을 확인할 수 있을 것이다.

본고는 현재 흑산도지역어의 부사형어미 '-아/어X'의 실현 양상 중에서 '-어X'가 결합하는 모습을 확인하기 위해서 현장 조사를 실시하였다. 현지조사에 사용된 조사항목은 국립국어원(2006)의 지역어 조사 질문지를 참고하였다. 또한 기존의 어휘자료도 보조 자료로 사용하였다.[4] 제보자 선정에 있어서는 이 지역에 3대 이상 거주한 토박이 화자로서 노년층을 대상으로 하였다.[5]

2장에서는 흑산도지역어의 부사형 어미 '-어X'의 실현 양상을 살펴보기 위해 먼저 현재 흑산도지역어의 부사형어미와 1980년대 흑산도지역어의 부사형어미로 나누고 각각 어간말음절이 모음으로 끝나는 경우, 어간

4 보조 자료로 한국정신문화연구원(1991)의 ≪한국방언자료집 VI(전라남도편)≫, 김웅배(1988)의 흑산도 방언의 어휘자료, 허경회(1988)의 흑산면의 구비문학 자료를 이용하였다.

5 현장 조사는 2013년 12월 5일부터 7일까지 실시하였고 조사지점과 제보자는 다음과 같다.

| 조사지점 | 제보자 | 직업 |
|---|---|---|
| 예리 | 박계예(여, 78)<br>보조 김석권(남, 76) | 무직(홍어 손질)<br>무직 |
| 진리 | 윤일순(남, 75) | 무직 |
| 읍동 | 박인순(여, 79) | 무직 |

말음절이 자음으로 끝나는 경우, 2음절 이상인 ㅂ-불규칙 어간의 경우로 나누어 부사형어미의 실현양상을 살펴볼 것이다. 1980년대 흑산도지역어의 부사형어미는 인접한 전남 방언과 비교하면서 전남 내륙과의 영향관계도 살필 것이다. 3장에서는 2장의 내용을 요약한다.

## 2. 흑산도지역어의 부사형어미 '-어X' 실현 양상

### 2.1. 현재 흑산도지역어의 부사형어미 '-어X' 실현 양상

활용에서 어간의 첫음절이나 둘째음절이 '아'일 때 부사형어미는 '-아X'와 결합하는 것이 아니라 '-어X'와 결합하는 경우가 많다.[6] 흑산도지역어의 경우 어떤 모습을 보이는지 살펴보자.

#### 2.1.1. 어간말음절이 모음으로 끝나고 둘째 음절이 음성모음인 경우

(1) ㄱ. 필자의 현지조사 자료

/가두+아서/ → [가돠서](가두-, 囚), /나누+아서/ → [나나서](나누-, 分)〈흑산〉

/바꾸+아서/ → [바까서](바꾸-, 換), /배우+아서/ → [배와서](배우-, 學)〈흑산〉

6 남광우(1975: 52~53)에서는 부사형어미 '아'가 '어'로 교체되는 것을 음성모음화로 보고 있고 〈麟鳳韶〉, 〈尹致昊日記〉에서 부사형어미 '아'가 교체되어 '어'가 결합한 예가 나타나고 어두에서도 드물게 이러한 예가 나타난다고 한다. 그리고 부사형어미 '아'의 '어' 교체가 19세기 중기에서 말기에 나타난다고 하였다. 김정태(2006: 281)에서도 어미 '아 → 어'변이를 음성모음화라고 보고 있다.

/고프+아서/ → [고파서](고프-, 餓)〈흑산〉

/바쁘+아서/ → /바쁘어서/ → [바뻐서](바쁘-, 忙)〈흑산〉

/아프+아서/ → /아프어서/ → [아퍼서](아프-, 痛)〈흑산〉

ㄴ. 김경표(2012)에서 가져온 자료

/가두+아서/ → /가두어서/ → [가둬서],[가더서](가두-, 囚)〈안좌, 임자〉

/나누+아서/ → [나나서](나누-, 分),

/바꾸+아서/ → [바까서](바꾸-, 換)〈안좌, 임자〉

/배우+아서/ → [배와서](배우-, 學)〈안좌, 임자〉

/고프+아서/ → [고파서](고프-, 餓)〈안좌, 임자〉

/바쁘+아서/ → /바쁘어서/ → [바뻐서](바쁘-, 忙)〈안좌, 임자〉

ㄷ. 김광헌(2003)에서 가져온 자료

/가두+아라/ → [가다라](가두-, 囚), /나누+아/ → [나나](나누-, 分)〈지도〉

/바꾸+아라/ → [바까라](바꾸-, 換)〈지도〉

(1)은 어간말음절이 모음으로 끝나는 어간으로, 조사한 자료 중에서 (1ㄱ)의 흑산도지역어의 경우에 '아우'형은 어간의 둘째음절은 '우'이지만 첫음절이 '아'이어서 모두 부사형어미 '-아X'와 결합하고 있다.[7] '애우'형도 부사형어미 '-아X'와 결합하고 있다. '오으'형은 첫음절이 '오'이므로 부사형어미 '-아X'와 결합하고 있다. 그런데 '아으'형은 첫음절이 '아'이므로 부사형어미 '-아X'와 결합해야 하지만 부사형어미 '-어X'와 결합하고 있다.[8] (1ㄴ)은 신안방언으로 '아우'형과 '애우'형 활용형은 부사형어미 '-아

7 이진호(2012: 423)에서는 '가다서, 바까서'가 역사적으로 어간이 '가도-, 바꼬-'이던 시기의 활용형이 그대로 이어져 부사형어미 '-아X'와 결합한 것이고 '가더서, 바꺼서'는 어간의 둘째 음절 모음이 변화한 데에 맞게 새로이 모음조화가 작용하여 부사형어미 '-어X'가 결합한 것이라고 해석하고 있다.

X'와 결합하고 있다. 그런데 '아우'형 중에서 '가둬서, 가더서' 활용형은 흑산도지역어와 달리 부사형어미 '-어X'와 결합하고 있다. ≪한국방언자료집≫에서 신안의 비금면은 '가돠라'가 나타나고 있어서 부사형어미 '-아X'와 결합하는 것이 더 일반적이라고 볼 수 있다. '아으'형은 흑산도지역어와 마찬가지로 부사형어미 '-어X'와 결합하고 있다. (1ㄷ)은 '아우'형 자료만 있는데 모두 부사형어미 '-아X'와 결합하고 있다.

어간말음절이 모음이고 둘째 음절이 음성모음인 어간의 부사형어미 결합 양상을 표로 제시하면 다음과 같다.

〈표1〉 어간말음절이 모음으로 끝나는 어간의 부사형어미 실현 양상

| 유형 \ 지역 | 흑산 | 안좌, 임자 | 지도 |
|---|---|---|---|
| '아우'형 어간 | –아X | –아/어X[9] | –아X |
| '아으'형 어간 | –어X | –어X | |

조사한 자료 중 흑산도지역어에서 어간말음절이 모음으로 끝나고 둘째 음절이 음성모음인 어간 중에서 '아으'형 어간은 부사형어미 '-어X'와 결합하고 있다. 안좌, 임자 지역에서는 '아우'형 어간에서는 흑산도지역어와 달리 부사형어미 '-아X'와 '-어X'가 공존하고 있으나 '아으'형 어간은 부사형어미 '-어X'와 결합하고 있다. 지도 지역에서는 '아우'형 어간은 흑산도지역어와 같지만 '아으'형 어간의 자료는 없어서 알 수가 없다. 그러나 부사형어미 '-어X'와 결합할 것으로 추측할 수 있다.

---

8 김정태(2006: 286-287)에서는 충남방언의 경우에 음성모음화된 '바뻐, 나뻐, 아퍼' 활용형이 존재하는데 '바뻐'의 경우에 '밧ᄇᆞ+아 > 밧브+아> 바쁘+어 > [바뻐]'의 변화를 거치는데 'ᆞ'의 제1단계 변화인 'ᆞ>으'에 의한 어간재구조화 이후에 모음조화가 조정된 화석형이 현재까지 유지되고 있다고 한다.

9 '-아/어X'는 두 가지 모습이 모두 나타나는 것을 표시한 것인데 더 많이 나타난 것을 앞에 제시하였다.

이상에서 신안 방언의 경우에는 대체적으로 활용에서 부사형어미 '-어X'와 결합하는데 '아으'형 어간에서 활발하게 일어나는 것을 알 수 있다. 신안 방언에 속하는 흑산도지역어에서도 '아으'형 어간에서 부사형어미 '-어X'와 결합하는 것을 확인할 수 있다.

#### 2.1.2. 어간말음절이 자음으로 끝나고 어간의 모음이 양성모음인 경우

(2) ㄱ. 필자의 현지조사 자료

/감+아서/ → /가머서/ → [가머서](감-, 瞑),

/낫+았다/ → /나섰다/ → [나섣따](낫-, 愈)〈흑산〉

/맡+아라/ → /마터라/ → [마터라](맡-, 任),

/잡+아라/ → /자버라/ → [자버라](잡-, 操)〈흑산〉

/막+아라/ → [마가라](막-, 防),

/맺+았다/ → /매젔다/ → [매젇따](맺-, 結)〈흑산〉

/곪:+았다/ → /골맜다/ → [골맏따](곪:-, 膿)〈흑산〉,

/맑+아서/ → [말가서](맑-, 淸)〈흑산〉

/삶+아서/ → /살머서/ → [살머서](삶-, 煮),

/앉+아라/ → /안저라/ → [안저라](앉-, 坐)〈흑산〉

ㄴ. 김경표(2012)에서 가져온 자료

/감+아서/ → /가머서/ → [가머서](감-, 瞑),

/낫+아서/ → /나서서/ → [나서서](낫-, 愈),

/맑+아서/ → [말가서](맑-, 淸)〈안좌, 임자〉

/쌂+아서/ → [쌀마서](쌂-, 煮)〈안좌〉,

/삶+아서/ → /살머서/ → [살머서](삶-, 煮)〈임자〉

/앙ㅈ+아서/ → /앙저서/ → [앙저서](앙ㅈ-, 坐)〈안좌〉

/앉+아서/ → /안저서/ → [안저서],

/앙ㄱ+아서/ → /앙거서/ → [앙거서](앉-/앙ㄱ-, 坐)〈임자〉

ㄷ. 김광헌(2003)에서 가져온 자료

/막+아라/ → /마거라/ → [마거라](막-, 防),

/받+아라/ → /바더라/ → [바더라](받-, 受)〈지도〉

/말+아라/ → /마러라/ → [마러라](말-, 勿),

/알+아라/ → /아러라/ → [아러라](알-, 知)〈지도〉

/담+아/ → /담머/ → [다머](담-, 拯),

/잡+아라/ → /자버라/ → [자버라](잡-, 捕)〈지도〉

/닦+아라/ → /다꺼라/ → [다꺼라](닦-, 拭)〈지도〉

/앙ㄱ+아서/ → /앙거서/ → [앙거서](앙ㄱ-, 坐),

/핥+아/ → /할터/ → [할터](핥-, 舐)〈지도〉

(2)는 어간말음절이 자음으로 끝나고 어간의 모음이 '아, 오, 애'인 경우로, 조사한 자료 중 (2ㄱ)에서 어간의 모음이 '아'이고 어간말음절의 자음이 'ㅁ, ㅂ, ㅌ, ㅅ, ㄻ, ㄵ'인 경우에 부사형어미 '-어X'와 결합하였다. 그런데 '마가라, 말가서' 활용형처럼 부사형어미 '-아X'와 결합한 경우도 있다.[10] 그리고 어간의 모음이 '애'인 경우에는 부사형어미 '-어X'와 결합하고 있다. 그런데 어간의 모음이 '오'인 경우에는 부사형어미 '-아X'와 결합하였다. (2ㄴ)에서 어간의 모음이 '아'이고 어간말음절의 자음이 'ㅁ, ㅅ, ㄻ, ㄵ, ㅇㅈ, ㅇㄱ'인 경우에 부사형어미 '-어X'와 결합하였다. 그런데 '말가서'의 경우에는 부사형어미 '-아X'와 결합하였다. 어간말음절의 자음이 'ㄻ'일 때 안좌 지역에서는 부사형어미 '-아X'가 결합했는데 임자 지역에서는 부사형어미 '-어X'와 결합하여 차이가 있다. (2ㄷ)에서는 어간말음

10 현재 흑산도지역어의 '마가라'는 부사형어미 '-아X'가 결합하고 있으나 80년대 흑산도지역어의 자료를 보면 '마거'가 부사형어미 '-어X'와 결합하고 있으므로 부사형어미가 현대에 와서 교체되었다고 볼 수 있다.

절이 자음으로 끝나고 어간의 모음이 '아'인 경우에 모두 부사형어미 '-어X'와 결합하고 있다.

어간말음절이 자음으로 끝나고 어간의 모음이 '아, 오, 애'인 경우의 부사형어미 결합 양상을 표로 제시하면 다음과 같다.

〈표 2〉 어간말음절이 자음으로 끝나는 부사형어미 실현 양상

| 유형 \ 지역 | 흑산 | 안좌, 임자 | 지도 |
|---|---|---|---|
| 어간말음절이 자음인 경우 | –어/아X | –어/아X | –어X |

조사한 자료 중 흑산도지역어에서 어간말음절이 자음으로 끝나고 어간의 모음이 '아, 애'일 때 대체적으로 부사형어미 '-어X'와 결합하는 경향이 높고 어간의 모음이 '오'일 때는 부사형어미 '-아X'와 결합하는 것을 확인할 수 있었다. 그리고 안좌, 임자, 지도 지역에서도 부사형어미 '-어X'와 결합하는 경우가 우세하지만 부사형어미 '-아X'와 결합하는 경우도 공존하고 있다.

이상에서 신안 방언의 경우에 어간말음절이 자음으로 끝나고 어간의 모음이 '아, 애'일 때 부사형어미 '-어X'와 결합하는 경향이 높은데 흑산도지역어도 비슷한 양상을 보이고 있다.

### 2.1.3. 2음절 이상인 ㅂ-불규칙 어간의 경우

(3) ㄱ. 필자의 현지조사 자료

/가차+아서/ → [가차서](가찹- ~ 가차-, 近)[11]〈흑산〉

---

11 '가찹-'은 자음어미 앞의 어간 기저형이고 '가차-'는 매개모음 어미와 모음어미 앞의 어간 기저형이다. 아래의 자료도 복수 기저형과 그 출현 환경을 제시한 것이다.

/개라+아서/ → [개라서](개랍- ~ 개라-, 癢)〈흑산〉

/매라+아서/ → [매라서](매랍- ~ 매라-, 尿)〈흑산〉

/싸:나+아서/ → [싸:나서](싸:납- ~ 싸:나-, 猛)〈흑산〉

/아까+아서/ → [아까서](아깝- ~ 아까-, 惜),

/야차+아서/ → [야차서](야찹- ~ 야차-, 淺)〈흑산〉

ㄴ. 김경표(2012)에서 가져온 자료

/가차+아서/ → [가차서](가찹- ~ 가차-, 近)〈안좌, 임자〉

/아까+아서/ → [아까서](아깝- ~ 아까-, 惜)〈안좌〉

/아까우+아서/ → [아까와서](아깝- ~ 아까우-, 惜)〈임자〉

/매라+아서/ → [매라서](매랍- ~ 매라-, 尿)〈안좌, 임자〉

(3)은 어간말음절의 모음이 '아, 애'이고 2음절 이상인 ㅂ-불규칙 어간의 경우로[12] (3ㄱ)은 흑산도지역어로 매개모음 어미와 모음어미 앞의 어간 기저형 '가차-, 개라-, 매라-, 싸:나-, 아까-, 야차-'가 부사형어미 '-아X'와 결합하였다.[13] 최전승(1998: 152)에서는 19세기 후기 전라방언에서 ㅂ-불규칙 용언이 부사형어미와 결합할 때 부사형어미의 두음이 탈락하기 시작했다고 하는데 흑산도지역어에서도 부사형어미의 두음이 탈락하고 있다. ㅂ-불규칙 용언인 '가깝-(近)'은 전남 방언에서 매개모음 어미와 모음어미 앞에서 '가차우-'와 같이 3음절 어간으로 나타나는 경우는 거의 없으며 '가차-'처럼 2음절 어간으로 나타나는 것이 일반적인데 흑산도지역어도 같은 모습을 보이고 있다. 다른 지역어에서는 '가차워서'에서 알 수 있듯

12 최전승(1998: 152)에서는 19세기 후기 전라방언에서 ㅂ-불규칙 용언은 '-어'가 결합하거나(추워라, 반가워, 우수워라, 우슈워) 부사형어미의 '-어'가 탈락하기 시작했다고 한다(무셔라, 반가ᄒᆞ며, 두려 ᄒᆞ더라).

13 1음절 ㅂ-불규칙 용언 중에서 어간 '맵-(辛)'은 부사형어미 '-아X'와 결합한 '매와서'가 나타난다. 그런데 어간 '춥-'은 부사형어미 '-어X'와 결합하지 않고 부사형어미 '-아X'와 결합한 '추와서'가 나타난다.

이 부사형어미 '-어X'와 결합하나 흑산도지역어에서는 부사형어미 '-아X'가 결합하고 있어서 차이가 있다.[14] (3ㄴ)에서도 부사형어미 '-아X'와 결합하고 있다.[15]

어간의 모음이 '아, 애'인 2음절 ㅂ-불규칙 어간의 부사형어미 결합 양상을 표로 제시하면 다음과 같다.

〈표 3〉 2음절 ㅂ-불규칙 어간의 부사형어미 실현 양상

| 지역 / 유형 | 흑산 | 안좌, 임자 | 지도 |
| --- | --- | --- | --- |
| ㅂ-불규칙 어간 | -아X | -아X | |

조사한 자료 중 흑산도지역어에서 어간말음절의 모음이 '아, 애'인 2음절 이상 ㅂ-불규칙 어간은 부사형어미 '-아X'가 결합하고 있으며 안좌, 임자 지역도 같은 모습을 보이고 있다.

## 2.2. 1980년대 흑산도지역어의 부사형어미 '-어X' 실현 양상

1980년대 흑산도지역어의 활용에서 부사형어미 '-어X'와 결합하는 양상을 확인하기 위해서 어간말음절이 모음으로 끝나고 둘째 음절이 음성모음인 경우와 어간말음절이 자음으로 끝나고 첫음절이 양성모음인 경우를 살펴본다.[16]

---

14 오종갑(2007: 153)에서는 ㅂ-불규칙 용언이 규칙용언보다 '아>어' 빈도가 낮다고 한다.

15 동일모음 탈락은 임석규(2002: 115~126)를 참고하기 바란다. 본고에서 어간의 모음이 탈락한 것으로 본다.

16 1980년대 자료 중에서 흑산면의 구비자료는 활용형 자료가 많지 않았다. 그리고 어간말음절이 모음이고 ㅂ-불규칙 활용을 하는 자료가 없어서 두 부분으로만 나

### 2.2.1. 어간말음절이 모음으로 끝나고 둘째 음절이 음성모음인 경우

(4) ㄱ. 허경회(1988)의 흑산면 구비문학에서 가져온 자료

/바꾸+아라/ → [바까라](바꾸-, 換)〈흑산〉

ㄴ. 한국정신문화연구원(1991)의 ≪한국방언자료집≫VI에서 가져온 자료

/가두+아라/ → [가돠라](가두-, 囚), /나누+아/ → [나놔](나누-, 分)〈신안〉

/바꾸+아/ → [바꽈](바꾸-, 換)〈신안〉

/바쁘+아/ → /바쁘어/ → [바뻐](바쁘-, 忙)[17]〈신안〉

ㄷ. 한국정신문화연구원(1991)의 ≪한국방언자료집≫VI에서 가져온 자료

/가두+아라/ → [가돠라](가두-, 囚)〈영광, 무안, 영암〉,

/가두+아/ → [가다](가두-, 囚)〈함평〉

/가두+아라/ → [가다라](가두-, 囚)〈해남, 진도〉,

/나누+아/ → [나놔](나누-, 分)〈영광, 함평, 진도〉

/나누+아/ → [나나](나누-, 分)〈무안, 영암, 해남〉,

/바꾸+아/ → [바꽈](바꾸-, 換)〈영광, 영암〉

/바꾸+아/ → [바까](바꾸-, 換)〈함평, 무안, 해남, 진도〉

/바쁘+아서/ → /바쁘어서/ → [바뻐서](바쁘-, 忙)〈영광, 함평, 무안, 영암, 해남〉

/바쁘+아서/ → [바빠서](바쁘-, 忙)〈진도〉

(4ㄱ)은 흑산도지역어로 '아우'형 어간은 부사형어미 '-아X'와 결합하고 있다. 흑산면의 구비문학 자료에서 찾은 예가 하나만 있어서 단정할 수 없

누어 살펴본다.

17 한국정문화연구원(1991) 자료의 경우, 1차 조사는 1982년에 실시하였고 확인 조사는 1990년에 실시하였으므로 80년대 자료로 선정해도 큰 문제는 없을 것 같다.

지만 현재 흑산도지역어에서 '가돠서, 나나서, 바까서'와 같은 활용형이 나타나므로 현재 흑산도지역어와 80년대 흑산도지역어 중에서 '아우'형 어간은 부사형어미 '-아X'와 결합한다고 볼 수 있다.[18] '아으'형 어간은 자료가 없어서 알 수 없으나 주변 지역을 통해 부사형어미 '-어X'가 결합하리라 추측할 수 있다.[19] (4ㄴ)은 신안 방언으로 '아우'형 어간은 부사형어미 '-아X'와 결합하고 있다. 그리고 '아으'형 어간의 경우에는 부사형어미 '-어X'와 결합하였다. (4ㄷ)은 주변지역으로 '아우'형 어간은 부사형어미 '-아X'와 결합하고 있으나 '아으'형 어간은 진도 지역을 제외한 다른 지역에서는 부사형어미 '-아X'와 결합하고 있다.

어간말음절이 모음으로 끝나고 둘째 음절이 음성모음인 어간의 부사형어미 결합 양상, 현재와 80년대 흑산도지역어와의 차이를 표로 제시하면 다음과 같다.

〈표 4〉 어간말음절이 모음으로 끝나는 어간의 부사형어미 실현 양상

<table>
<tr><th>지역<br>유형</th><th>흑산</th><th>신안</th><th>영광</th><th>함평</th><th>무안</th><th>영암</th><th>해남</th><th>진도</th><th>현재<br>흑산</th><th>80년<br>흑산</th></tr>
<tr><td>'아우'형<br>어간</td><td>-아X</td><td>-아X</td><td colspan="6">-아X</td><td>-아X</td><td>-아X</td></tr>
<tr><td>'아으'형<br>어간</td><td></td><td>-어X</td><td colspan="5">-어X</td><td>-아X</td><td>-어X</td><td></td></tr>
</table>

80년대 자료 중 흑산도지역어에서 어간말음절이 음성모음으로 끝난 2음절 어간 중 '아우'형 어간은 부사형어미 '-아X'와 결합하고 '아으'형 어간은 자료가 없어서 알 수 없다. 그러나 80년대 신안 방언과 진도를 제외한 다른 지역의 경우에 '아으'형 어간은 부사형어미 '-어X'와 결합하고 있

18 그런데 주변 지역에서는 '가더서'처럼 부사형어미 '-어X'가 결합한 경우도 나타난다.

19 '아으'형 어간의 경우에 주변 지역인 영광, 함평, 무안, 영암, 해남 지역에서는 부사형어미 '-어X'와 결합하고 있다.

으므로 80년대 흑산도지역어의 '아으'형 어간도 부사형어미 '-어X'와 결합할 확률이 높다.

현재 흑산도지역어와 80년대 흑산도지역어를 살펴보면 '아우'형 어간은 모두 부사형어미 '-아X'와 결합하고 있다. '아으'형 어간의 경우에 80년대 흑산도지역어의 자료가 없으나 주변 지역을 통해 80년대 흑산도지역어도 부사형어미 '-어X'와 결합할 것으로 생각된다. 현재 흑산도지역어와 80년대 흑산도지역어의 부사형 어미 '-어X' 실현 양상은 차이가 없음을 알 수 있다.

### 2.2. 어간말음절이 자음을 끝나고 어간의 모음이 '아, 애'인 경우

(5) ㄱ. 허경회(1988)의 흑산면 구비문학에서 가져온 자료

/감+아서/ → /가머서/ → [가머서](감-, 瞑),

/삼+았어/ → /사머써/ → [사머써](삼-, 作)〈흑산〉

/담+아/ → [다매], /담+아/ → /다머/ → [다메](담-, 捄)〈흑산〉

/맞+아/ → [마재], /맞+아/ → /마저/ → [마제](맞-, 是),

/막+아/ → /마거/ → [마게](막-, 防)〈흑산〉

/깎+아/ → [까깨](깎-, 削), /낚+았어/ → /나꺼써/ → [나께써](낚-, 鈎)〈흑산〉

/알+아라/ → /아러라/ → [아러래](알-, 知),

/말+아라/→ /마러라/ → [마러래](말-, 勿)〈흑산〉

/꽂+아/ → [꼬재](꽂-, 揷), /맺+아서/ → /매저서/ → [매저서](맺-, 結)〈흑산〉

밝+아/ → [발개](밝-, 明)〈흑산〉

/앉+았어/ → [안자써], /앉+았어/ → /안저써/ → [안저써](앉-, 坐)〈흑산〉

ㄴ. 한국정신문화연구원(1991)의 ≪한국방언자료집≫Ⅵ에서 가져온 자료

/잡+아라/ → /자버라/ → [자버라](잡-, 操),

/낫+아서/ → /나서서/ → [나서서]](낫-, 愈)〈신안〉

/알+아서/ → /아러서/ → [아러서](알-, 知),

/맡+아/ → /마터/ → [마터](맡-, 任)〈신안〉

/깜+아서/ → [까마서](깜-, 洗),

/맺+아서/ → /매저서/ → [매저서](맺-, 結)〈신안〉

/삶+아야/ → [살마야](삶-, 煮), /깡ㄲ+아야/ → [깡까야](깡ㄲ-, 削)〈신안〉

/앙ㅈ+아/ → /앙저/ → [앙저](앙ㅈ-, 坐),

/핥+아/ → /할터/ → [할터](핥-, 舐)〈신안〉

/앓+아서/ → /아러서/ → [아러서](앓-, 瘵)(cf. 알코)〈신안〉

ㄷ. 한국정신문화연구원(1991)의 ≪한국방언자료집≫ VI에서 가져온 자료

/잡+아서/ → /자버서/ → [자버서](잡-, 操)〈영광, 무안, 영암, 해남, 진도〉

/잡+아서/ → [자바서](잡-, 操)〈함평〉, /낫+아서/ → [나사서]](낫-, 愈)〈해남〉

/낫+아서/ → /나서서/ → [나서서]](낫-, 愈)〈영광, 함평, 무안, 영암, 진도〉

/알+아서/ → /아러서/ → [아러서](알-, 知)〈영암, 해남, 진도〉

/알+아서/ → [아라서](알-, 知)〈영광, 함평, 무안〉,

/맡+아/ → [마타](맡-, 任)〈함평〉

/맡+아/ → /마터/ → [마터](맡-, 任)〈영광, 무안, 영암, 해남, 진도〉

/깜+아서/ → [까마서](깜-, 洗)〈함평〉

/깜+아서/ → /까머서/ → [까마서](깜-, 洗)〈영광, 무안, 영암, 해남, 진도〉

/꽂+아/ → [꼬자](꽂-, 插)〈함평, 무안, 해남, 진도〉

/맺+아서/ → /매저서/ → [매저서](맺-, 結)〈영광, 함평, 무안, 영암, 해남, 진도〉

/삶+아야/ → [살마야](삶-, 煮)〈영광, 함평, 무안, 영암, 해남, 진도〉

/깡ㄲ+아야/ → [깡까야](깡ㄲ-, 削)〈해남〉,

/깎+아야/ → [까까야](깎-, 削)〈영광, 함평, 영암, 진도〉

/깎+아야/ → /까꺼야/ → [까꺼야](깎-, 削)〈무안〉

/앙ㅈ+아/ → /앙저/ → [앙저](앙ㅈ-, 坐)〈해남〉,

/앉+아/ → /안저/ → [안저](앉-, 坐)〈함평, 진도〉

/앙ㄱ+아/ → /앙거/ → [앙거](앙ㄱ-, 坐)〈영광, 무안, 영암〉

/핥+아/ → /할터/ → [할터](핥-, 舐)〈영광, 무안, 영암, 진도〉

/핥+아/ → [할타](핥-, 舐)〈함평, 해남〉,

/앓+아서/ → [아라서](앓-, 瘵)〈영광, 함평, 무안〉

/앓+아서/ → /아러서/ → [아러서](앓-, 瘵)(cf. 알코)〈영암, 해남, 진도〉

(5)는 어간말음절이 자음으로 끝나고 어간의 모음이 '아, 오, 애'인 경우로, 조사한 자료 중 (5ㄱ)에서 어간의 모음이 '아'이고 어간말음절의 자음이 'ㄱ, ㄲ, ㄹ, ㅁ, ㅈ, ㄵ'인 경우에 부사형어미 '-어X'와 결합하였다.[20] 그런데 어간말음절의 자음이 'ㄲ, ㅁ, ㅈ, ㄵ'인 경우에는 부사형어미 '-아X'와 결합하고 있어서 부사형어미 '-아X'와 '-어X'가 공존하고 있음을 알 수 있다. '맞-(是)' 어간의 경우에 허경회(1988)의 구비문학 자료에서 75% 이상은 '마저'로 나타나고 25%는 '마자'로 실현되고 있어서 부사형어미 '-어X'와 결합하는 경향이 더 높음을 알 수 있다. '앉-(坐)' 어간의 경우 허경회(1988)에서 90% 이상은 '안저'로 나타나고 10%는 '안자'로 실현되고 있

20 김옥화(2004: 506)에서는 무주지역어의 경우에 '살:-(活), 알:-(知), 팔-(賣)' 어간은 '-아X'와 통합되지만 '-어X'와 통합되기도 하는데 이러한 현상이 나타나는 것은 주변 지역어의 '-아X' 교체 방식의 영향을 받은 결과라고 한다.

어서 단어에 따라 부사형어미의 실현 양상이 다름을 알 수 있다. 어간말음절의 자음이 'ㄺ'일 때는 부사형어미 '-아X'와 결합하고 있다. 그리고 어간의 모음이 '애'인 '매저서'의 경우에는 부사형어미 '-어X'와 결합하는데 어간의 모음이 '오'인 '꼬자'의 경우에는 부사형어미 '-아X'와 결합하고 있다. (5ㄴ)에서 어간의 모음이 '아'이고 어간말음절의 자음이 'ㄹ, ㅂ, ㅅ, ㅌ, ㄾ, ㅀ, ㅇㅈ'인 경우에 부사형어미 '-어X'와 결합하고 있다. 그런데 어간말음절의 자음이 'ㅁ, ㄻ, ㅇㄲ'인 경우에는 부사형어미 '-아X'와 결합하고 있어서 부사형어미 '-아X'와 '-어X'가 공존하고 있음을 알 수 있다. 그리고 어간의 모음이 '애'인 '매저서'의 경우에는 부사형어미 '-어X'와 결합하고 있다. (5ㄷ)에서 어간의 모음이 '아'이고 어간말음절의 자음이 'ㅁ, ㅂ, ㅌ'일 때는 함평 지역을 제외하고 다른 지역에서는 모두 부사형어미 '-어X'와 결합하고 있다. 'ㄹ, ㅀ'일 때는 영암, 해남, 진도 지역에서만 부사형어미 '-어X'와 결합하고 있다. 그리고 'ㅅ'일 때는 해남 지역을 제외하고 다른 지역에서는 부사형어미 '-어X'와 결합하고 있다. 'ㅇㄲ/ㄲ'일 때는 무안 지역에서만 부사형어미 '-어X'와 결합하고 있다. 'ㄾ'일 때는 함평, 해남 지역을 제외한 다른 지역에서 부사형어미 '-어X'와 결합하고 있다. 'ㅇㅈ/ㄵ/ㅇㄱ'일 때는 모든 지역에서 부사형어미 '-어X'와 결합하고 있고 'ㄻ'일 때는 부사형어미 '-아X'와 결합하고 있다.

이상에서 어간의 모음이 '아'이고 어간말음절이 자음일 때는 부사형어미 '-어X'와 결합하는 경향이 높지만 부사형어미 '-아X'와 결합하는 경우도 있음을 알 수 있다. 어간의 모음이 '오'일 때는 부사형어미 '-아X'와 결합하나 어간의 모음이 '애'일 때는 모든 지역에서 부사형어미 '-어X'와 결합하고 있다.

어간말음절이 자음으로 끝나고 어간의 모음이 '아, 애, 오'일 때 부사형어미 실현 양상, 현재와 80년대 흑산도지역어와의 차이를 표로 제시하면 다음과 같다.

〈표 5〉 어간말음절이 자음으로 끝나는 어간의 부사형어미 실현 양상

| 지역 / 유형 | 흑산 | 신안 | 영광 | 함평 | 무안 | 영암 | 해남 | 진도 | 현재 흑산 | 80년 흑산 |
|---|---|---|---|---|---|---|---|---|---|---|
| 어간말음절이 자음 | -어/아X | -어/아X | -어/아X | -어/아X | -어/아X | -어/아X | -어/아X | -어/아X | -어/아X | -어/아X |

80년대 흑산도지역어에서 어간말음절이 자음으로 끝나고 어간의 모음이 '아, 애'일 때는 부사형어미 '-어X'와 결합하는 경향이 높지만 단어에 따라 부사형어미 '-아X'가 결합하는 경우도 있다. 흑산도 주변 지역을 살펴보면 영암 지역이 부사형어미 '-어X'와 결합하는 활용형이 가장 많이 나타나고 함평 지역이 가장 낮다.[21] 함평 지역을 제외한 다른 지역은 부사형어미 '-어X'와 결합하는 경향이 높은데 흑산도지역어와 큰 차이가 없다. 현재 흑산도지역어와 80년대 흑산도지역어는 모두 부사형어미 '-어X'와 결합하는 경향이 높지만 '-아X'와 결합하는 경우도 공존하고 있다.

이상에서 현재 흑산도지역어의 경우에 '아으'형 어간일 때나 어간말음절이 자음으로 끝나고 어간의 모음이 '아, 애'일 때 부사형어미 '-어X'와 결합하는 경향이 높음을 확인할 수 있었다. 1980년대 흑산도지역어의 경우에는 어간말음절이 자음으로 끝나고 어간의 모음이 '아, 애'일 때 부사형어미 '-어X'와 결합하는 것을 확인할 수 있었다. 흑산도지역과 주변 지역의 부사형어미 '-어X' 실현 양상을 살펴보면 대체적으로 주변 지역이 부사형어미 '-어X'와 결합하는 경향이 더 높은 것을 알 수 있다.[22] 그리고 현재와 80년대 흑산도지역어의 부사형어미 '-어X'의 실현 양상을 비교해 보

---

**21** 함평 지역이 다른 지역에 비해 부사형어미 '-어X'와 결합하는 경향이 낮은데 그 이유는 알 수 없다.

**22** 현재 모음조화가 잘 지켜지지 않는 것과 연관지어 생각해 보면 내륙의 경우에는 부사형어미 '-어X'와 결합하는 경향이 더 활발하게 진행되고 흑산도지역의 경우에는 더디게 진행되고 있다고 추정할 수 있다.

면 현재 흑산도지역어가 약간 높은데 이를 통해 활용에서 어간과 어미가 결합할 때 부사형어미 '-어X'와 결합하는 경향이 높아져 가고 있다고 볼 수 있다.

흑산도지역어에서 부사형어미 '-어X'와 결합하는 경향이 조금씩 높아지는 이유는 무엇일까? 아마도 다양한 요인들이 복합적으로 작용했다고 생각된다.[23] 먼저 김진우(1971: 88)에서는 평파열음화 현상을 조음할 때 될 수 있으면 조음기관의 개구도를 좁히려는 경향 때문에 일어나는 것으로 설명하고 있는데 이는 형태소 내에서 일어나는 모음상승 현상에서도 적용된다고 한다. 형태소 내에서 발음할 때 조음기관의 개구도를 좁히려는 노력은 형태소 경계 사이에도 어느 정도 영향을 미쳐 부사형어미 '-아X'가 '-어X'로 교체되었다고 볼 수 있다.[24] 곽충구(1999: 157)에서는 19세기 후기부터 '잡+어 → 잡어'처럼 부사형어미 '-어X'와 결합하는 경향이 일어나기 시작했다고 하는데 '잡어'와 '잡아'가 혼재하였을 것이다. 언중들은 자신들의 어휘부에서 모음조화가 지켜진 형태(보수형)와 부사형어미 '-어X'와 결합한 형태(개신형) 중에서 상황에 따라 하나를 선택하였을 것이다. '앉아'를 예로 들면, 일상생활에서 대화할 때 상대방에게 '앉어'를 많이 사용한다. 이런 모습은 아이들에게도 영향을 주어서 대부분 '앉어'라는 말을 많이 사용한다. 그런데 외부에서 온 사람과 이야기를 하거나 공식적인 자리에서는 '앉아'를 사용하는 것을 볼 수 있다. 즉, 공식적인 상황에서는 보수형을 사용하고 일상적인 상황에서는 개신형을 사용하는데 언중들이 접

23 오종갑(2007: 175)에서 모음조화 붕괴가 개음절 어간보다 폐음절 어간에서 '아>어' 빈도가 높게 나타나는데, 이는 어간 말자음의 울림도와 후행 어미 '아'의 울림도 사이에서 형성되는 울림도 동화과정이라고 보고 울림도가 낮은 자음이 어간말음이 될 때는 후행 어미 '아'와의 울림도 격차가 상대적으로 크기 때문에 그 격차를 줄이기 위해 '아>어' 변화가 먼저 일어나고, 울림도가 높은 모음이 어간말음이 될 때는 상대적으로 그 격차가 작기 때문에 그것이 늦게 일어난다고 했다.

24 김정태(2006: 293)에서도 같은 논의를 하고 있다.

하는 상황은 일상적인 상황이 많으므로 점차 개신형을 많이 사용하게 되었을 것이다. 이처럼 다양한 요인들이 복합적으로 작용하여 부사형어미 '-어X'의 실현 양상이 높아진 것 같다.

## 3. 결론

본고에서는 현재 흑산도지역어와 1980년대 흑산도지역어의 자료를 대상으로 활용에서 부사형어미 '-어X'의 실현 양상을 조사하였다. 그리고 신안군의 안좌면, 임자면, 지도읍 자료와 주변 지역 자료도 조사하여 흑산도지역어와 비교하였다.

조사한 자료 중 흑산도지역어에서 어간말음절이 모음으로 끝나고 둘째 음절이 음성모음인 어간 중에서 '아으'형 어간은 부사형어미 '-어X'와 결합하였다. 어간말음절이 자음으로 끝나고 어간의 모음이 '아, 애'일 때 대체적으로 부사형어미 '-어X'와 결합하고 어간의 모음이 '오'일 때는 부사형어미 '-아X'와 결합하였다. 어간말음절의 모음이 '아'이고 2음절 이상인 ㅂ-불규칙 어간의 경우에 부사형어미 '-아X'와 결합하였는데 신안 방언도 같은 양상을 보였다.

1980년대 흑산도지역어에서 어간말음절이 모음으로 끝나고 둘째 음절이 음성모음인 어간의 경우에 자료가 없기 때문에 부사형어미 '-어X'의 실현 양상을 알 수 없다. 그러나 현재 흑산도지역어에서는 부사형어미 '-어X'가 결합하고 진도 지역을 제외한 다른 지역에서는 부사형어미 '-어X'가 결합하고 있으므로 1980년대 흑산도지역어에서도 부사형어미 '-어X'가 결합할 확률이 높다. 어간말음절이 자음으로 끝나고 어간의 모음이 '아, 애'일 때 부사형어미 '-어X'와 결합하는 경향이 높다. 그런데 단어에 따라 부사형어미 '-아X'와 결합하는 경우가 있다. 현재와 80년대 흑산도지역어의 부사형어미 '-어X'의 실현 양상을 비교해 보면 현재 흑산도지역어가 높은데 이를 통해 활용에서 어간과 어미가 결합할 때 부사형어미 '-어X'와 결합하는 경향이 높아져 가고 있다고 볼 수 있다. 최전승(2004: 202)에서 개별 지역 방언들에서 부사형어미 '-어X'가 결합하는 경향이 일반화되고 있다고 했는데 전남 주변 지역과 비교해 보면 흑산도지역어도 이런 경향성을 보이고 있음을 확인할 수 있었다.

*이 글은 2019년 ≪지역어문학 기반 국어학 연구의 도전과 성과≫에 실린 것을 재수록한 것이다.

## 참고문헌

곽충구(1999), 모음조화와 모음체계, ≪새국어생활≫ 9-4, 국립국어연구원, 151-159.

국립국어원(2006), ≪지역어 조사 질문지≫, 태학사.

김경표(2012), 전남 도서지역과 해안지역의 부사형어미 '-아/어'의 교체, ≪방언학≫ 16, 한국방언학회, 187-215.

김경표(2013), 전남 도서 방언의 음운론적 대비 연구, 전남대 박사학위논문.

김경표(2014), 흑산도지역어의 모음과 관련된 음운현상, ≪방언학≫ 19, 한국방언학회, 69-91.

김광헌(2003), 신안 지도지역어의 음운론적 연구, 목포대 석사학위논문.

김옥화(2004), 무주지역어 '어간+아X'의 음운과정, ≪국어교육≫ 113, 한국어교육학회, 499-524.

김웅배(1988), 흑산도 방언의 어휘자료, ≪도서문화≫ 6, 목포대 도서문화연구소, 315-340.

김정태(2006), 충남방언 활용에서의 음성모음화, ≪어문연구≫ 51, 어문연구학회, 279-299.

김진우(1971), 국어음운론에 있어서의 공모성, ≪어문연구≫ 7, 어문연구학회, 87-95.

남광우(1975), 단모음화·음성모음화 연구: 한국어의 발음연구의 일환작업으로, ≪동양학≫ 5, 단국대 동양학연구소, 43-55.

오종갑(2007), 부사형어미 '아X'의 음운론적 변화와 영남방언의 위상, ≪어문학≫ 95, 한국어문학회, 133-202.

이기갑(1989), 전남 신안지역의 언어지리적 성격, ≪도서문화≫ 7, 목포대 도서문화연구소, 127-135.

이기갑·고광모·기세관·정제문·송하진 공편(1998), ≪전남방언사전≫, 태학사.

이돈주(1978), ≪전남방언≫, 형설출판사.

이진호(2012), ≪한국어의 표준 발음과 현실 발음≫, 아카넷.

이해준(1988), 黑山島文化의 背景과 性格, ≪도서문화≫ 6, 목포대 도서문화연구소, 9-42.

임석규(2002), 음운탈락과 관련된 몇 문제, ≪국어학≫ 40, 국어학회, 113-138.

임석규(2007), 다음절 어간에서의 방원권별 부사형어미 실현 양상, ≪한국언어문학≫ 62, 한국언어문학회, 123-143.

조경만(1988), 흑산 사람들의 삶과 民間信仰, ≪도서문화≫ 6, 목포대 도서문화연구소, 133-185.

최계원·주인탁·서인석·김행미(1988), 黑山島의 産業技術, ≪도서문화≫ 6, 목포대 도서문화연구소, 187-232.

최전승(1988), 용언 활용의 비생성적 성격과 부사형어미:'-아/어'의 교체 현상, ≪국어문학≫ 133, 국어문학회, 115-162.

최전승(2004), ≪한국어 방언의 공시적 구조와 통시적 변화≫, 역락.

최태영(1990), 모음조화, ≪국어연구 어디까지 왔나≫, 동아출판사, 68-76.

한국정신문화연구원(1991), ≪한국방언자료집VI 전라남도편≫, 한국정신문화연구원.

허경회(1988), 黑山面의 口碑文學 資料, ≪도서문화≫ 6, 목포대 도서문화연구소, 281-313.

홍순탁(1963), 玆山魚譜와 黑山島方言, ≪호남문화연구≫ 1, 전남대 호남문화연구소, 75-104.

■ 김경표

전남대학교 대학원 문학석사
전남대학교 대학원 문학박사
전남대학교 국어국문학과 BK21+사업단 학술연구원

저서 및 논문:
「흑산도지역어의 부사형어미 '-어X'실현 양상」(2016)
「소설 『홍합』과 여수지역어의 음운론적 특징 연구」(2018)
「『전남 무안 지방의 방언사전』에 대하여」(2019)
『지역어문학 기반 국어학 연구의 도전과 성과』(2019)

## 전남 신안군 해녀의 언어 연구

초판 인쇄 2020년 08월 10일
초판 발행 2020년 08월 17일

지은이 김경표
펴낸이 신학태
펴낸곳 도서출판 온샘

등 록 제2018-000042호
주 소 서울시 용산구 한강대로 208-6 1층
전 화 (02) 6338-1608 팩스 (02) 6455-1601
이메일 book1608@naver.com

ISBN 979-11-966441-9-2 93810
값 18,000원